我们终将各自安好

简白——著

百花洲文艺出版社
BAIHUAZHOU LITERATURE AND ART PRESS

图书在版编目（CIP）数据

我们终将各自安好 / 简白著. —— 南昌：百花洲文
艺出版社，2018.12（2021.4重印）
ISBN 978-7-5500-2976-7

Ⅰ. ①我… Ⅱ. ①简… Ⅲ. ①中篇小说-小说集-中
国-当代②短篇小说-小说集-中国-当代 Ⅳ.
① I247.7

中国版本图书馆 CIP 数据核字（2018）第 196307 号

我们终将各自安好

简白　著

策划编辑　郑　磊
责任编辑　袁　蓉
装帧设计　仙境设计
出版发行　百花洲文艺出版社
社　　址　南昌市红谷滩区世贸路 898 号博能中心 1 期 A 座 20 楼
邮　　编　330038
经　　销　全国新华书店
印　　刷　三河市嵩川印刷有限公司
开　　本　880mm×1230mm 1/32
印　　张　8.5
版　　次　2018 年 12 月第 1 版　2021 年 4 月第 2 次印刷
字　　数　146 千字
书　　号　ISBN 978-7-5500-2976-7
定　　价　39.80 元

赣版权登字 05-2018-349

邮购联系 0791-86895108
网址 http://www.bhzwy.com
图书若有印装错误，影响阅读，可向承印厂联系调换。

目录

"你是不是喜欢我？"罗曦在给肖莫讲完一个又一个她觉得他肯定会的问题之后，忍不住问了他这么一句。

"嗯？喜欢怎么样，不喜欢又怎么样？"肖莫回答得很狡猾。他的脸离她很近，嘴里有一股好闻的松香味道。他的眼睛特别漂亮，光线打过去，凝聚成亮亮的一点。

罗曦望着肖莫，觉得自己的心跳正在加快，脸颊整个都红了，半天才结结巴巴地讲出下一句："没什么，我就是想和你说徐咪……"

窗外有人影闪过，罗曦连忙把自己的身体往后移了两步，他们之间这样的距离要是被陌生人看见，肯定得传出绯闻。

年级第一名的保持者和年级第二名的追赶者在谈恋爱，这足以轰动整个年级，也会让办公室的老师们大跌眼镜吧。

罗曦想象了一下那个画面，不知怎么的就笑了。

苏绵绵问他："我在你眼里是幽灵兰吗？"

他说，当然不是，一百盆幽灵兰也不够。

苏绵绵笑了笑。

一盆与一百盆终究也只是数量上的区别罢了。

她让他钻进自己的被子里，用手枕在他的脑袋下，听他回忆过去生活的点点滴滴。两个人难得一起聊天，苏绵绵也就着话题说起了自己。

说她高考落榜，说开美容美发店的事情，话匣子打开了，还想再说什么，他却翻过身来，吻了她的嘴唇。

一盆花不需要经历和血肉，它只要长在花盆里默默开放就好。

六年之痒

　　两个人生活要比一个人划算，凌菲菲觉得是时候再找一个男朋友了。她发了朋友圈和微博，配着心情文字与自拍，或明或暗地透露出了单身的消息，只是问津者寥寥，唯一留言的依旧是陆明。

　　"姑娘，拜托，PS不要P得这么夸张好吗？"他甚至在留言里帮她爆了一张他以前抓拍她吃鸡腿时的丑照。油光可鉴的脑门，连粉刺和黑头都看得清。

　　同住一个屋檐下让原本严肃的分手变得不再那么严肃，让原本应该伤感的陆明不再那么伤感。

　　凌菲菲盖下电脑屏幕，愤怒地扯开帘子，陆明却对着凌菲菲哈哈大笑。

　　他似乎认定凌菲菲就是站在二十多岁的尾巴上有那么一点危机与焦虑，只要他们还住在一起，只要人有孤独寂寞需要陪伴的时候，帘子也就总有撤下来的那一天。

浴

　　她打开浴室的门站在吴姨面前。吴姨盯着她的身体，忽然脱掉了自己的衣服，也跨进了浴缸中。吴姨什么也没说，拿起一块搓澡巾，轻轻地在小娥的后背上揉搓着。十六七岁的人，胸脯像两团半开未开的花儿。搓着搓着，小娥忽然哭了，转过身抱着吴姨，她不知道自己为什么哭。吴姨也不知道，但又仿佛明白似的，拍着她的后背，帮她抒发着委屈。

　　滚烫的热水里，她趴在她的胸前，眼泪比热水还要滚烫。吴姨抚着小娥的头发，吴姨说："年轻真好，头发又黑又浓，不像我，都开始老了呢。"

　　小娥说："以后就咱俩过好不好？"

　　吴姨说："傻孩子，当然好。"

　　小娥说："那你为什么还要去找别人？"

冬季

"周末看电影，就当给你赔礼道歉。"

梅兰接过电影票，脸上滚烫滚烫的，说不出一个"不"字。

陈默走后，团支书饶有兴趣地问梅兰，他是不是在追她。

梅兰没有听出这话里的调侃，只是羞涩地辩解两个人因为车祸萍水相逢。

团支书问："是真的吗？"

她点点头，心里却泛起了涟漪。

萍水相逢为什么要请自己看电影，又为什么选那样的爱情电影呢？

她假装平静，心里却雀跃得什么书也看不进去，满脑子都是和陈默这个即将到来的约会。

他会喜欢上她吗？

是要向她表白吗？

仅仅因为那一面？

我们结婚吧

"结婚吧。"

她的眼睛看着床单上那一点点殷红色的血迹，仿佛在提醒着他什么，他顺着她的眼睛看了过去。

她的眼泪就要流了出来，她怕他再不答应，她就要走了，奔向另一个她从未想过的人生。

好在，他答应了。

婚礼在一个月后举行，比这座小城市里任何其他婚礼都更加隆重，晓芸也像计划中那样于半年后怀孕了，其间阿勇同芳芳分手，彼此都又找了新的伴侣，可仍旧像从前那样在一起嬉闹。长假的时候他们结伴来看她，给她带了娃娃穿的衣服与纸尿裤。她挺着肚子，望着他们，说不出是羡慕还是别的什么，她不想深究了，深究婚姻，深究人生。

有些人，一生下来就注定是要杀死青春的。

小镇少女 /127

母亲在一个清晨走了,她给千禧留下了一封信,说是她去外地打工了。

千禧挺替母亲高兴的。

她觉得这个地方根本就不适合生活。

母亲走后,祖母也不再念经了。

她一天一天变老,话都说不利索了,却喜欢摸着千禧的头说:"我可怜的孙女。"

千禧想,等祖母哪一天死了,自己也要离开这个地方,去大城市,说不定还能遇见秀梅和小亮哥。她不恨他们了,事实上她也从来没有恨过她们。她一个人怪寂寞的,倒是常常想念他们从前在一起的日子。

归 /161

她答得如此流利,连自己都要相信自己真的是那样一个人了。她的想象力飞驰起来,对调皮的愚弄兴致盎然。她告诉他,她去美国主修人类学。他们还聊起了爱因斯坦,她说爱因斯坦如果去写小说,那么恐怕就没有一众作家什么事了。他被说得一愣一愣的,时而跟着她一起笑,时而跟着她一起闹。

他不太能喝,两杯酒下肚,脸就红了起来。她觉得有趣,假装无意地劝他多喝一些,但他却一改之前配合的态度,任她再怎么劝也不沾一滴。不知是他看明白了她的把戏,还是担心出糗,她觉得有些没意思,找了个借口要走,他执意要送她。

少年

　　"陆芸。"他一边唤着她的名字，一边上前，拨开她脸上的乱发，那滚烫的体温传来。

　　暖气不知什么时候坏了，她蜷缩在床上，早已失去神志。他把她抱起来，被子从身上滚落，那丝制的睡裙蹭着他的手臂，还有那柔软的胸脯。他愣了可能足足有一分钟，端详着她的皮肤、她的脸、她的五官、她的睫毛。他好像被什么东西抓住了，动弹不得，一直到她打了个寒战才清醒过来，他急忙脱下自己的棉袄，替她裹上，随即背着她下了楼。

　　他叫了出租车去医院。医生说是急性阑尾炎引起的腹腔感染和休克，需要做手术。他在手术单上签了字。与患者关系那一栏，他思考了很久，为避免尴尬，还是写下了弟弟。

　　他当然不想只做她的弟弟，对于像他这样的少年，在抱起她的那一刻，连与她共度一生都想好了。

愿你今后，阳光和煦

　　他问苏岑："你和林陌的感情怎么这么好？"

　　苏岑没有回答。他又拿出自己的手机，内屏整个是碎的。

　　"总是吵架，就摔成了这样！"

　　那晚，他执意带着苏岑去海边玩。两个人坐在沙滩上聊天，海浪一排一排地涌过来，触碰在脚丫上。

　　她好像很久没有和人这么聊过天了。零零星星的童年趣事，刚毕业时的青涩，爱过恨过的人。他们肩并肩坐着，年龄好像忽然飘到了很远的地方，有一点躁动，有一点心动。

　　有种特别青春的感觉。

幻想日记 /229

　　她拉上窗帘在镜子前观察自己，尝试学着像锦年一样抚慰自己，学着锦年闭上眼睛去想象不同的男人，班里的男同学，她喜欢过的男孩子、男老师。想着想着自己都笑了，觉得书里说的都是骗人的。她又试了几次，在夜里，脑海里不知怎么浮现出楼下那位"金城武"的脸，她吓了一跳，急急忙忙停了下来。可那张脸却始终挥之不去，他刚剃过的青色的胡茬、半长不短的头发，好像着了魔似的持续出现。苏瑾没有办法，索性也就不再克制，而那不得要领竟然就变得舒服了起来。

　　身体的吸引力是如此原始，原始到完全不需要任何理由。十五岁的苏瑾还没能意识到这一点，她不明白她明明喜欢过那么多男孩子，为什么偏偏是他？这不明白一下子就勾起了她的兴趣和好奇心，一些说不清、道不明的东西在她心里悄然变化着。

水妖桃米 /249

　　我没法说话，渐渐失去了意识，朦胧中觉得水里激起了一朵小花儿，有人拖着我的胳膊往上走。记不清过了多久，我重新睁开眼睛，映入眼帘的还是那个女孩。她穿着一袭白色布裙，头发湿漉漉地搭在胸前，眨巴着大眼睛，好奇地打量着我。

　　我已经在岸上了，咳了几声，吐出一大口水，我问："你是不是水妖？"她没有回答，我又问："你是不是住在池塘里？"

与×先生有关
的纯白青春

1

　　罗曦的初中是在小镇念的，小镇离城里有五十公里的距离。15块钱的车票，她总共去过两次，坐着环城公交车，看四周高楼林立，和小镇确实有着天壤之别。

　　出于一种小镇少女的惶恐感，她不太喜欢那里，站在车水马龙、霓虹四起的路上，她觉得自己说话不合时宜、打扮不合时宜，怎么看都带着点儿土气。可是她又不得不去。重点高中就在城南那块地方，在那所高中读书，等于是把一只脚跨进了大学的校门。

　　老爸老妈说了，罗曦是他们的希望："罗曦将来念大学，找个好工作，接爸爸妈妈享清福。"

　　罗曦拍着胸脯保证："没问题，到时候让你们顿顿吃海鲜！"

　　爸爸妈妈听了笑得嘴都合不拢。

有多少少年曾怀抱着这样的信念却又被现实击打得粉碎？至少罗曦是，去重点高中报到的第一天，她的满腔豪情就变得无比沮丧起来。寝室里的同学们都在讨论假期去了哪里玩：香港、澳门、希腊或是北欧。唯有罗曦低着头。

"你呢？"有同学问她。她走神了，想象着香港、台湾是什么样，一不留神，竟脱口而出："澳门！"

一说出这个词，把她自己都吓了一跳，可不等她解释，大家就问开了。

"澳门好玩吗？"

"有赌场！"

"你还去赌场啦？"

罗曦慌了神，搜肠刮肚，回忆在地理、历史书上看到过的一切。

一个谎就这样越扯越大，扯得自己整张脸涨得通红。

谈话结束的时候，罗曦明白了两个道理：第一，如果这个世界上真的有上帝、佛祖、真神安拉，那他们一定都是喜欢捉弄人的家伙，偏偏把一票养尊处优的高干子女和她分在一个宿舍；第二，大多数时候，虚荣都是可以被原谅的，因为它身不由己。

罗曦向来讨厌虚荣的人，可没想到的是，在这样的场合，自己是有过之而无不及。虽说误会，可误会也能解释清楚，但她没有，她小心翼翼地维护着那个误会，生怕自己与她们错失在一个水平面上。而且，她悲哀地发现，在这个世界上，很多人无须念大学、找好工作，就已经能过得这样风生水起。

离开学还有三天的时间，罗曦又回到了小镇，她跟妈妈说，她想买一件好看一点的衣服。她声音很小，头低着，就像做错了事情一样。

2

罗曦的妈妈是做家政的，说白了也叫钟点工，而罗曦的爸爸在小镇一家工厂的流水线上工作，家庭情况说不上太坏，但也绝对不好。不过妈妈还是答应了罗曦的要求，带了五百块钱，领着罗曦去了商场。

商场的衣服琳琅满目满目，每一件都那么精致，罗曦摩挲着它们，看了又看，可一件都没试。

"不知道现在的物价是怎么了，居然一件比一件贵，不过是条连衣裙，几尺的布，居然要六百多块！"

罗曦的妈妈一边看，嘴里一边啧啧地叨念。叨念到后面，罗曦索性拖着妈妈的手走了。

"妈妈，我们不买了！"

妈妈没说什么，和罗曦一起回了家。第二天下班回来，妈妈拿出了一条很漂亮的裙子，裙子是白色的，两层，底下还有蕾丝花边，穿在身上轻轻转起来，会呈现出一个好看的花苞形状。

"真漂亮，妈妈，你在哪里买的？"

妈妈没有回答。

裙子的下摆有一块茶色的污渍，罗曦看了一眼就明白了，这应该是一件处理货，她也不再多问。妈妈用漂白剂帮她把裙子洗了一遍，茶色的污渍淡了不少，不仔细看应该看不出来。

罗曦穿着这条裙子站在镜子前，头发挽起来，又放下来，身子坐下去又站起来。她怎么就这么好看呢？

她高傲地抬着头："哼，我要是每天穿成这样，一点儿也不比她们差！"

整理行李的时候，罗曦把这条裙子放在行李的最上面，整个行李箱的档次顿时就高了不少。第二天，她拖着它们正式搬进学校宿舍。

那是一所全寄宿管理的重点高中，能进这所学校的人要么是成绩极好的尖子生，要么就是关系户。罗曦当然属于前者，以第一名的成绩考入这所高中，因为这个原因，罗曦所在的寝室自然也就成了关系户们的热门寝室。能和这样的尖子生待在一起，还愁孩子的成绩上不去吗？家长们都这样想着，于是争先恐后地把自家孩子往这个寝室里塞，一票养尊处优的高干子女就这样和罗曦形成了鲜明的对比。当然，这一切都是罗曦后来才知道的。

罗曦把行李箱打开，把衣服叠进柜子里，她拿起那条新的白色裙子抖了抖，下铺的曹丽凑了过来，然后突然大叫起来：

"哇！这是DKNY的裙子呀！"

曹丽的叫声又吸引来了罗曦对床的徐咪和李洁。徐咪仔细端详了片刻，她指着裙子上的那块污渍，眼睛瞪得老大："你这条裙子，从哪里弄来的呀？"

罗曦没想到她会这么问，一下子吞吞吐吐说不出话来。

"我……妈妈给我买的。"

"可是，我有一条一模一样的裙子……"

3

徐咪坚称自己有一条一模一样的白色 DKNY 连衣裙，是上个假期去美国带回来的，因为裙子下摆弄到了酱油，所以再也没有穿过，放在橱子里，前两天才发现找不到了。

"你这条裙子，怎么和我的那条这么像？连污渍都一样。"徐咪问罗曦。

罗曦心里怦怦乱跳，她不知道老妈是从哪里弄来的这条名牌连衣裙，按理说，也不该这么巧，她低下头来默不作声。

徐咪见状便问得更急了。

在一旁的曹丽连忙过来打圆场："一模一样的裙子不奇怪啦，弄到污渍也正常嘛！谁叫我们这么有缘分呢？"

罗曦仍然沉默，徐咪皱着眉头："可是……"

"可是就算你的裙子丢了，也不至于怀疑是她去你家拿的吧！"一直不发话的李洁说话了，"你们原来认识吗？"

"呃……"徐咪这才想起来事情的关键，不好意思地吐了吐舌头，"我是怕有人偷了我的裙子，跑去坑人嘛……"一边说，一边坐回到自己的床上。

罗曦对着橱门，不知为什么，有点儿想哭。

吃饭的时候，她借口头疼就没和她们一起去，自己抱着书本去了教室自习。

教室里没有人，她给妈妈打了个电话，询问妈妈裙子的来历。妈妈说，那条裙子是一个做家政的同事给她的，说是那家女主人嫌染了颜色不能穿，扔掉的。

妈妈后来又说了什么，罗曦没听清楚。她匆忙挂断电话，眼泪哗啦哗啦地流，有一点屈辱，有一点羞耻感。

她穿的裙子，是舍友的妈妈帮舍友扔掉的。这世上偏偏有这样巧又这样不体面的事情，她只是希望自己和她们看起来一样，凭什么搞得这么难堪？

她觉得自己就像是童话里的灰姑娘。

可灰姑娘还有水晶鞋、南瓜车，灰姑娘的魔法只是会在十二点之前消失，而她连魔法都没有！

罗曦越想越难过，越难过越哭，越哭越大声，直到有人拍了拍她的肩膀，她没有理会，好半天才抬起头来，但那个人已经走了，桌上留下了一张纸条：你为什么哭？

写纸条的是个男生，背影高高的，罗曦没看清楚，她撇了撇嘴，随意在纸条的后面写了五个字：因为没有钱。

然后罗曦又把纸条塞进了抽屉里。

第二天纸条不见了，抽屉里多了两颗包装成金元宝的巧克力，旁边还有个笑脸：送给你。

那是一个公共自习室，谁都可以来，谁都可以走，罗曦握着巧克力，心里有些异样的感动。她不知道那个男生是谁，可还是提起笔来，郑重地在纸条上写下了三个字：谢谢你。

那之后，罗曦每天晚上都会去那个自习室上自习。

而那条白色连衣裙，罗曦再也没有穿过。

4

罗曦管写字条的男孩叫 X 先生，一开始他们是传纸条，后来就改成了写信，信件仍然放在自习室第一排的第三个抽屉里，他们几乎每天都写。

"这年头还有人用信件交流？"徐咪看着趴在寝室桌子上写信的罗曦，忍不住惊叹道。

罗曦不理她，自顾自地埋头写着。

自从上次的连衣裙事件后，两个人就不怎么说话了。

徐咪觉得过意不去，有几次主动跟罗曦讲话，罗曦也冷冰冰的。

她心里积攒着一些东西，这东西无比脆弱，只能用伪装的强悍来保护。可徐咪不知道。徐咪只觉得罗曦小心眼儿，难以接近。

"不就是一点儿误会吗？她至于这么高傲，天天对我摆臭脸色吗？"徐咪私下里和寝室里的人说。

"是啊，她看起来好神秘，也不和人说话，不知道她爸妈是做什么的！"

罗曦听到这些，心里就会咯噔一下。

老师要她们填写家庭调查表，她在父亲那一栏填的是技术人员，在母亲那一栏填的是个体户。

爸爸虽然是流水线工人，可流水线也是需要技术的呀。妈妈自己单干，怎么不算个体户？她如此安慰自己，说服自己其实没有撒谎，可每当夜深人静的时候，她还是觉得羞愧。

人怎么可以虚荣到这种程度？父母不偷不抢，靠诚实劳动养活她，哪里给她丢人了。罗曦痛骂自己，但还是过不去这个坎，有时候梦到真相败露，就会吓出一身冷汗。

"你不是去过澳门吗？"

"你不是有 DKNY 的连衣裙吗？"

"你妈妈不是个体工商户吗？"

梦里，徐咪、李洁还有曹丽都在指责她，尤其是徐咪抓着那条连衣裙咄咄逼人，说她是小偷，是个捡破烂的。

罗曦尖叫一声，醒了过来。大家问她怎么了，她摇摇头又继续睡去。

这样的日子怎么过呢？她们周末逛街时吃哈根达斯，随意地往星巴克里一坐，聊的不是迪奥就是奥迪；而她大多数时候听不懂那些牌子，连买一根和路雪都要思考再三。

是啊，她把这一切都写进给 X 先生的信里。

她什么都和他说，因为他也什么都和她说。他们是同一类人。准确地讲，他比她还要惨。

X先生告诉罗曦，他爸爸是矿工，而他妈妈因为身体不好，早就去世了。

"哎，真可怜！"罗曦合上信的时候如是说。

她开始格外注意起进出自习室的男孩子们，每一个都很像他，可仔细看来，每一个又都不像。

5

每月一次的月考是年级里的头等大事，罗曦很紧张地复习，觉得胜券在握。成绩几乎是她唯一可以引以为傲的东西了。可没想到的是，当榜单公布，她居然只拿到了年级第二，没有发挥失常，也没有丢不该丢的分，就是单纯地被人甩在了后面。她牢牢记下了第一名的名字——肖莫。

这名字令她沮丧异常，可没想到一回寝室，就听见徐咪嚷嚷了。

"哎，你们知道吗？这次肖莫拿了年级第一！"

"是啊，我们也看见了，平时都没怎么看他努力念书。"

"听说，他老爸是一家能源公司的董事长。"

"隔壁班的女生迷他都迷疯了……不过，"曹丽一边说，一边把头转向徐咪，"他和徐咪才是青梅竹马呢！"

"哪里有，我们只是从小认识而已！"徐咪好像等着有人提起这茬，满脸是得逞的小得意却又矢口否认。

"哈哈，你就等着长大了做肖太太吧！"

"砰"的一声，罗曦放下书本，走出了寝室。

身后传来了"嘘"的声音，大家安静下来。

原来他是这么出名。

这世界上就是有这样得天独厚的人，帅气，含着金汤匙出生，还偏偏很聪明。罗曦苦着一张脸，不知道自己怎么会这么狭隘，想到徐咪这类的姑娘一出生就和这样的男孩子们有交集，以后轻轻松松地"做太太"，她觉得自己恶俗至极。可这个世界不就是这么运行的吗？

有些人拼死拼活争来的，有些人根本不费吹灰之力。

和父母拍胸脯许下的诺言，以后要让他们顿顿吃海鲜，想起这个，她又抱起书，去自习室挑灯夜战了。

但这一次，她在自习室里遇见了肖莫。

从来不上自习室的肖莫，仿佛炫耀似的来到自习室，而且就坐在第一排第三个位子上。那是罗曦和 X 先生的御用座位。

真是抢东西抢上瘾了。

罗曦满肚子不高兴地走上前去："同学，这个位置是我坐的！"

肖莫闻声抬头，眯起眼睛盯着罗曦，嘴角上扬，微微笑着。看得罗曦浑身不自在。

"怎么说这位置是你的呢？又没写你的名字！"

"可……可我平常都坐在这里，抽屉里还有我的书。"罗曦有点儿吞吐。

"那也有个先来后到嘛!"肖莫好像铁了心地要和罗曦抢位置。罗曦憋了半天,还想再说什么时,徐咪出现了。她看了看罗曦和肖莫,有点儿惊讶,随即便把肖莫拉走,说是这间自习室没有空调,待着不舒服,要拉他去隔壁自习室。

"呼!"罗曦这才松下来一口气。

肖莫临走时对罗曦说:"等着你把我的第一名抢回去哦!"

赤裸裸的挑衅,真变态,罗曦没理他。

晚上回寝室,徐咪问罗曦:"你和肖莫原来认识吗?"

"不认识啊!"罗曦耸耸肩。

"可肖莫一整个晚上都在和我打听你,也不知道为什么。"

哦,罗曦回想起肖莫的眼神和模样——个子高高的,褐色的瞳仁,在日光灯的照射下迸发出耀眼的光芒,要不是自己和他差距这么大,说不定自己也会喜欢他呢。

没想到他会对自己这么感兴趣,看着徐咪酸酸的样子,罗曦竟有了些优越感。

6

日子就这样不紧不慢地过着,罗曦和肖莫包揽了年级里的第一名和第二名,罗曦偶尔也能考过肖莫,但很吃力。

有个这样的竞争对手也不算坏吧,罗曦这样安慰着自己。

临近期末考的时候，徐咪恰好过生日，她邀请了整间宿舍的人，还有肖莫，地点选在城北的私房菜馆。私房菜馆很贵，罗曦上网查了一下，他们一天只接待一桌，一桌五个人，人均消费在 500 元到 1000 元。

罗曦简直不敢想象，有人吃一顿饭要花上几千块钱。她把这些写给 X 先生，X 先生也和她一样惊讶。

罗曦说她不想去。

因为去外面吃饭不能穿校服，而且是去那样高档的地方，可是除了校服她哪里还有其他好看的衣服呢，要么是太旧，要么是东一件西一件无法搭配。如果穿在身上，她们一定会笑话她的。

说真的，她都没有一件好看的衣服，对一个女生来说，这是多么悲哀的事情。

徐咪为了这个生日，买了新的发箍、发带，还有一整套香奈儿的化妆品，李洁与曹丽的衣服也是光鲜亮丽，只有她，寒酸憋屈，她可不想坐在她们边上的时候像个土包子。

"你怎么会是土包子呢？你是最漂亮的！" X 先生在信里说。

X 先生在信里还说，他找人打听过那家私房菜馆，他们的接待已经排到了两个月以后，若不是有一定的关系，有钱也吃不到那里的菜。人生嘛，总是用一些，就少一些的，要懂得对自己好，有机会要尝试不同的东西，为什么不去尝试呢。他说起他的妈妈，生平最爱吃打锡街的咸水鸭，可就是舍不得买，直到过世也没有吃上。

罗曦看着信，眼圈就红了，有点惺惺相惜的感觉。她想要一件商场专柜里的衣服，妈妈想买一盒上档次的护肤品，而爸爸爱吃海鲜。可是谁也不舍得买，衣服永远是淘宝与地摊货，妈妈的梳妆台上千年不变一罐百雀羚；饭桌上偶尔出现的海鲜，爸爸也尽数让给她们母女，说是女人要多吃点儿才好。

如果世事真的这么无常，会不会有一天……罗曦不敢再想下去，她对着镜子照了照自己穿校服的样子，或许也没那么糟。

"你想要漂亮的衣服吗？"X先生问。

"想啊！"罗曦回答。

第二天她就收到一个包裹，包裹里有从发带、裙子到鞋子的一整套行头。眼尖的曹丽又一眼就认出了这些物品的牌子：巴黎世家、流行美、纪梵希。

"哇哦，你可别盖过寿星了！"

包裹里的礼物卡，笔记的字体很熟悉，罗曦认得出来，那是X先生的。

罗曦有一种不祥的预感，那么贵的东西，他从哪里弄来的呢？不会是做了什么傻事吧？

他焦急地写信去问X先生，不过X先生没有回信。

直到一个多月以后，X先生才回信说，那些衣服不偷不抢，是他挣来买给她的。、

7

整个私房菜馆完美得不得了，餐具镶着金边和银边，菜肴小小的，均分成了五份，据说连那道最普通的白菜都是用鸡汤、鲍鱼汤和菌菇汤等慢火煨出来的，软而不烂，还有一股特别的鲜香味，更不用提别的菜了。

吃饭的时候，罗曦学着她们把餐巾垫在餐盘底下，剩余的部分再放在自己的腿上。她中途去了趟洗手间，里面的空气都是香的。据餐馆的主人说，那是上好的沉香。

罗曦在地理书上读到过沉香，那是一种木材，以能沉入水里并散发出香气而闻名，每一块都价值不菲。

啧啧，罗曦觉得自己简直是大开眼界。要是爸爸妈妈在就好了，要是 X 先生在就好了，罗曦觉得，这样的地方，真应该让他们也来看看，这样好吃的佳肴，真应该让他们也来尝尝。

这世间所有的爱都与分享有关。

所以，最后一道大闸蟹上来的时候，罗曦没舍得吃。

阳澄湖的蟹，一只就要两百元，她尝了一口，比她从小到大吃过的所有海鲜加起来都要鲜，而且有淡淡的清香和甜味。罗曦借口肠胃不舒服，让服务员帮她打了包，坐在一旁的肖莫也说要打包，并且把打包好的大闸蟹给了罗曦。

"这次考试被你考赢了，送你一只螃蟹，看你能横行到几时！"肖莫半开玩笑地说。

罗曦正愁一只螃蟹怎么分给爸爸妈妈还有 X 先生，于是看见肖莫主动送上来的螃蟹也就不客气了。

徐咪盯着他们两个人，表情里有一股说不出的味道。

从今天看见罗曦的那一刻起，徐咪就好像怀着一股莫名的怒火。罗曦从没见过她这样。中途和徐咪说话，送她礼物，她的反应都是一样的，罗曦耸了耸肩。

难道是因为自己打扮得太漂亮了？

说真的，罗曦有点小得意。回学校的时候，她还特意走在徐咪的前面，一扭一扭的。

"喂，罗曦。"徐咪叫住了她，"我觉得肖莫对你有意思！"

"噗。"罗曦笑了起来，吃醋都吃到我头上来了？望着徐咪一红一白的脸，罗曦又有点过意不去，她伸出了一只手，拉了拉她的手说，"徐咪，我有喜欢的男孩子，他叫 X 先生。"

"真的？"

"真的！"

"肖莫，他只是因为我成绩好，所以格外关注我罢了！"

罗曦说起了那个 X 先生，她说她只见过他的背影，但那绝对是世界上最好看、最温暖的背影。

尽管贫寒且不够漂亮，但她仍然是公主徐咪的假想敌，罗曦的自卑忽然之间飘走了。

两个女孩就这么和解了。

8

徐咪给肖莫折纸星星，她把它们装在一个大大的夜光玻璃瓶里。一天折一颗，一年有三百六十五天，三年就是1095颗，徐咪说，那个时候他们就都高中毕业了，她要把这些纸星星送给肖莫，然后和肖莫在一起。而罗曦呢，买来了一团蓝色的毛线，给她的X先生织袜子，南方的城市没有暖气，天凉了，待在室内要是有一双毛线袜子，会感觉暖和很多。罗曦说，她要在圣诞节的时候送给他。

不过她不打算和他见面，因为这种朦胧的感觉太美好，做彼此的树洞还有知己，而且她怕不够成熟的他们会破坏了这段感情。

"万一他长得又矮又丑怎么办？"

"万一，他是个扫地的或是擦桌子的食堂大叔怎么办？"徐咪问她，她摇摇头，就算他是加西莫多我也要。

"哈哈！"徐咪干脆就喊她加太太。

那真是一段很美好的日子，许多年后，罗曦回忆起来还是会那样觉得。人生最初的情愫、友爱，其实都跟金钱没有关系，折纸星星的吸管一把也才一块钱，折一千颗连五十块钱都不到。而蓝色的毛线也很廉价，她们站在一个水平面上，有一样的憧憬，一样的仰望。那是那个年龄段所特有的，之后便再也拿不出这样的礼物，哪怕是恋人之间。情绪的富足澎湃，在岁月里消耗殆尽，只能依仗外来的价值。

肖莫给罗曦打电话，他说他有道题不会做，想问问罗曦。罗曦看着徐咪，犹豫着要不要去。她怀疑徐咪真的猜对了，肖莫对她有意思，他最近找她的次数越来越多，问问题，闲聊，或者就是搬个凳子在自习的时候坐她后面。

她也不知道他是不是真的喜欢她，如果喜欢，喜欢她什么，也许就像那些爱情故事里演的一样，过惯了锦衣玉食的人，想吃吃青菜萝卜，他就是对一个和她们不太一样的姑娘产生了兴趣。

当然，罗曦已经努力变得和她们一样了，她也会在太阳出来的时候撑起一把太阳伞，随便说说哪个牌子的防晒霜好用，抑或拿腔捏调地对路边小摊的卫生抱以怀疑。说不清楚这是虚荣还是入乡随俗。总之，除了请客吃饭，她看起来和她们没有什么不同。好在学校里管得严，她又有学习作为借口，请客吃饭或者打扮攀比，对她来说几乎都不存在。所以也没有人怀疑，她此前透露出来的一切都是假的。

没有什么干个体、做生意的妈妈，也没有什么当技术人员的爸爸。

当然，这一切只有 X 先生知道。

她在其他男生面前，包括肖莫，都昂着首挺着胸，像一个高高在上的公主。

"咚咚咚"，肖莫见罗曦半天没到自习室，索性去女生宿舍敲起了门。

徐咪一把跳起来去开门，可肖莫说他找罗曦，徐咪的脸色又黯淡了下去。

9

"你是不是喜欢我？"罗曦在给肖莫讲完一个又一个她觉得他肯定会的问题之后，忍不住问了他这么一句。

"嗯？喜欢怎么样，不喜欢又怎么样？"肖莫回答得很狡猾。他的脸离她很近，嘴里有一股好闻的松香味道。他的眼睛特别漂亮，光线打过去，凝聚成亮亮的一点。

罗曦望着肖莫，觉得自己的心跳正在加快，脸颊整个都红了，半天才结结巴巴地讲出下一句："没有怎么样，我就是想和你说徐咪……"

窗外有人影闪过，罗曦连忙把自己的身体往后移了两步，他们之间这样的距离要是被陌生人看见，肯定得传出绯闻。

年级第一名的保持者和年级第二名的追赶者在谈恋爱，这足以轰动整个年级，也会让办公室的老师们大跌眼镜吧。

罗曦想象了一下那个画面，不知怎么的就笑了。

"你笑什么？"

"没什么！"

这件事无疾而终。

罗曦发现肖莫其实的确是个很有魅力的人，要不是他们的家庭背景、生活环境的差距这么大，她很可能会喜欢他。

是啊，女孩子不都在背后叫他万人迷嘛，她又怎么能完全免俗？

在写给 X 先生的信件里，她提到肖莫的次数也越来越多，X 先生的回信也因此越来越少。有一天，X 先生说他看见他们两个了，在自习室里，靠得很近，就像恋人一样。罗曦想和他解释，可那之后，他就再也没有给罗曦写过回信了。

而肖莫看她的眼神好像也变了一些，更深、更柔和，说不清道不明的东西在他的眸子里闪烁。

圣诞节前夕，罗曦把那双蓝色的毛线袜放在了自习室第一排第三张桌子的抽屉里，第二天去看的时候，袜子已经被收走了。不过，他仍然没有回信。

X 先生消失了，就像从来没有出现过一样。

罗曦很伤感，伤感误会竟然来得这么猝不及防。徐咪安慰她，说那个 X 先生指不定有多丑，有多难看，他可能连加西莫多还不如，或者，他根本就是一个大骗子，一个疯子。

真的会是这样吗？

罗曦不知道，不过从那之后，她对肖莫也疏远了。肖莫找她的时候，她借口没空，肖莫搬凳子坐在她的身后时，她便抱着书去别的地方坐下。

这就好像身边有一个人在盯着她，如果她离他远一点，那个人就会再次出现一样。

直到期末考完的那天，肖莫在放学路上拦住了她。

肖莫说："我有话对你说！"

徐咪在一旁拽着罗曦，整个人紧张得不行。

10

罗曦以为肖莫是来告白的，但他没有。肖莫只是问她，为什么要刻意躲着他。罗曦想争辩，说自己没有躲着他。

但是，肖莫却打断罗曦的话："是因为 X 先生吗？"

罗曦把头低下去，不知道怎么连他也会知道 X 先生。

肖莫叹了口气，从书包里掏出了一沓信。

信是罗曦写给 X 先生的，一笔一画。

"怎么会在你这里？"

罗曦的眼睛快瞪出来了。

肖莫沉默着，倒是徐咪发出了尖叫声："难道……难道 X 先生就是你——肖莫？"

"不可能！"罗曦说。

"X 先生的背影不是那样的，X 先生的字迹我认得，X 先生的父亲是个矿工，母亲……"

罗曦滔滔不绝地叙述着。而肖莫从始至终都站在那里，抱着那一沓厚厚的信。

但如果不是他，那些信又是从哪儿来的呢？

真的会有一个像肖莫这样的人编出一堆可怜的身世来和她共

鸣吗？像肖莫那样含着金汤匙出生的人说得出来那些话吗？罗曦充满了怀疑，而徐咪看起来却像要死去一样地悲伤。

三个人就这么站着，僵持着，谁也没有动，谁也没有再说话，直到罗曦的电话响了起来。是罗曦的爸爸，罗曦的爸爸在电话那头说："罗曦，你妈妈出事了！"

罗曦整个人怔了一下。

就快要过年了，钟点工的生意特别好，她一天可以去好多家。四层楼高的窗台，罗曦的妈妈趴在上面擦洗窗户，也许是因为太累了，也许是沾了肥皂泡的手太滑，她妈妈竟然从窗台上面摔了下去。

医生说，颅脑与脊柱受到了损伤，可能会站不起来，可能……

罗曦抓着电话忽然就哭了。

徐咪问她怎么了，罗曦说她妈妈擦窗户摔伤了。徐咪说，怎么不请钟点工呢？

"我妈妈就是钟点工！"罗曦这句话是吼出来的。

似乎只有到了这种关头，她才说得出那样的话，而话倾吐出来的那一瞬间，好像她整个人都轻松了。

徐咪愣在那里，罗曦则飞速跑到校门外面，破天荒地打了一辆出租车。

"医院！"

肖莫拽着徐咪跟了过去。

罗曦的妈妈躺在重症监护室里，身上插满了管子，因为不是中介介绍的，没有签雇佣合同，雇主家里出了一万块钱以后就走了。罗曦的爸爸蹲在医院的走廊上，像个小老头儿似的，头发凌乱，眼圈通红。

他对罗曦说："我们的钱不够！"

罗曦擦干眼泪握着爸爸的手说："也许我能想想办法！"

那天，三个半大不小的孩子靠在医院的走廊上，夕阳打下来，他们的背影被拖得很长。他们忽然对人生有了一种新的领悟，那是无常。

11

一夜之间这件事传遍了整个校园，罗曦找到了教导主任，申请学校为她发动一次捐款。她也不知道自己是怎么平平静静说出那些话的。

"我家很困难，我希望大家都能帮帮我！"她拿着话筒站在讲台上，对着台下黑压压的一片人群说道。

台下很快就传来了窃窃私语。

"原来，她妈妈不是什么商人呀！"

"原来，他爸爸也没有什么钱！"

罗曦听着，觉得自己的心有一点疼，但它们正在以最快的速度坚硬起来。

每个人都拿着钱上台，她一一给他们鞠躬，对他们说声谢谢。

以前，只在电视上看到过捐款，没想到亲身经历却是另一种感觉。真的有多少感激之情吗？罗曦只是觉得焦虑和麻木。

这期间肖莫、徐咪、李洁、曹丽他们也在帮着罗曦筹款，他们私下里议论她，觉得她有一点可怜，有一点难以理解，不过他们没有在她面前提起她去澳门的事情，也没有提起她在家庭调查表上撒的谎，只是把钱一份一份地交到她手上。罗曦说不出心里是什么感觉，回忆起自己做过的事，只觉得自惭形秽。

那些钱被一笔笔送进了医院，医院又把这些钱一笔笔砸在了罗曦妈妈的身上。住院一个月，抢救了六次，钱很快就花光了。可医生还是说，病人已经脑死亡了。

"既然脑死亡了，如果家属经济困难，就拔掉呼吸机吧！"医生说得很平淡。

"不！"罗曦趴在妈妈的病床前，大声喊叫，像一头野兽一样，"不要拔掉呼吸机！不许拔掉呼吸机！"

但是，她的爸爸还是在放弃治疗的单子上签了字。

年近半百的男人，哭得像个孩子，他握着罗曦妈妈的手，不停地说着对不起。

心跳变成了零，血压和脉搏也变成了零。

罗曦瘫坐在地板上，她知道，从此以后，再也没有人能让她喊妈妈。

葬礼那天，她买了一罐欧莱雅的面霜放进了妈妈的骨灰盒里。

12

上帝是个剧作家,心血来潮就写下一个悲剧,任意安排人们的命运,你以为你到达了巅峰,实则急转直下,堕入地狱。

罗曦就是如此看待自己。好在肖莫一直陪着她,上学、放学、吃饭、自习。罗曦有时候仍然会觉得有一双眼睛在注视着她,于人群里,拨不开,也看不见。

徐咪折纸星星,一颗又一颗,她固执地把它们放进玻璃瓶里,哪怕她知道她最终也等不来她想要的结局。

没有人戳破,大家都在青春的情怀里裹足不前。

直到毕业的前一天,徐咪把纸星星交给了罗曦,整整1095颗,徐咪说:"请你……帮我送给肖莫,好不好?"

罗曦摇摇头,接着,又点了点头。

徐咪的眼神太真挚了,刺得罗曦心疼。那之后徐咪就去了美国,罗曦再也没有见过她。

三年,之后又三年,肖莫始终陪在罗曦身边。

她问他为什么跟着她,她虚荣,阴郁,狭隘,还不诚实,真不知道他喜欢她什么。可肖莫眯起眼睛说,只有说不出来的喜欢才是真的喜欢。

29岁的时候,肖莫买了一只漂亮戒指送给罗曦,对她说:"罗曦,你嫁给我好不好?"

罗曦说:"好。"

他们手拉着手重新回到读过的高中,手拉着手走进了他们常去的那个自习室。

罗曦坐在第一排第三个位置上，来回摩挲着。

因为是假期，自习室里空空荡荡，可最后一排却坐着一个男生。男生看见他们进来，自己便走出去了。罗曦觉得他的背影有一点熟悉。于是她追了上去，一直追到走廊尽头的值班室。值班室里堆着一些课本，晒着几件衣服，床头柜上还有一双蓝色的毛线袜。

罗曦记得那双袜子，那是很多年前她一针一针织过的。

"嘿，罗曦，你干什么呢？"肖莫很紧张地冲了过来，把罗曦拉出了那间值班室。

那个男生的眼神注视着她，她觉得有些扎眼，眼泪情不自禁地流了出来。

原来，很多年前，也有一个人像徐咪那样，把自己写过的信、收到的信、听过的故事统统交给了另一个人。那个人为了给她买一套漂亮的裙子，多打了三份工。这个人觉得，只有像肖莫那样的男孩子才足够配得上她。

罗曦后来向别人打听过。

他们告诉罗曦，他很可怜，他的父亲是矿工，母亲在他高中的时候就过世了，他没有钱念书，不得不辍学。老师看他可怜，留他在学校里看管自习室。他比她大一岁。

婚礼如约举行，罗曦却没有再去找他。

她记得很多年前，自己说过，就算他是加西莫多，她也要他。

那么，她食言了。

清水巷 18 号

1

十八岁的苏绵绵憧憬着一场惊心动魄的爱情，这个憧憬填满了她位于清水巷18号那张小小的单人床。高考失利后，她就搬到了这里，平日里靠做学徒给客人洗头发谋生。生意好的时候她每天要洗六十多个脑袋，生意不好的时候每天也要洗上二三十个。沾多了洗发水的手，风一吹，就一层一层往下掉皮。老板不在时，她坐在太阳下，沿着皮肤纹路把手皮撕下，今天撕完，明天又长出新的来，明天撕完，后天皮屑又爬上了手心，就像生物课上用来做表皮实验的洋葱。风把最外层吹皱了，剥一剥，扯一扯，又能继续用，即便失水干瘪也依旧如此，一层一层撕不净似的惹人讨厌。

苏绵绵端详着自己的手，盘算着去买一瓶手霜。她跑到商场，在琳琅满目的货柜前，她一眼就选中了九十九元一支的茉莉花手霜，从前没用过手霜的时候不知道它们之间的差别这么大。苏绵绵想买个便宜的，可看来看去，颜色、质地、气味，竟没有一样能比得上它。她摸啊抹啊，摸得导购小姐忍不住翻白眼，苏绵绵才悻悻离开。往后，每天往零钱袋里丢个两三块，等到攒够了手霜的钱，冬天也来了。

临近过年，工作量一下子增加了起来，一双手浸泡在染色剂和药水里，已经裂得一塌糊涂，却怎么都挤不出时间去把手霜买回来。有时候给客人洗头时觉得辛苦，她就会想起考大学的事，也曾想过继续读书，但家里还有弟弟，经济没那么宽裕。

父亲说："你以后要嫁人，我只能供你一次，读不上去那就是你的命。"苏绵绵信了这套关于命运的说辞，倒也没觉得太遗憾。谁也不能断定读大学的命就比早出来工作的命要好，对于未来她有自己的打算，比如学一门手艺或是开一个美容美发店。要是生意好的话，不小心开成连锁还能当一个女老板，先解决了生计，再遇见一段爱情。这爱情就像小说里写的那样，霸王和虞姬，红拂女与李靖，要么是天翻地覆慨而慷的生死相依，要么是私会夜奔冒天下大不韪的惊世骇俗。总之不能太平淡，不能待老了以后回忆起来温吞如白水。每次想到这里，躺在床上的苏绵绵就会忍不住露出甜蜜的笑意。

2

年关将近，客人渐渐变少，到了年三十那天，整座城市好像忽然空了一样。小巷里的许多出租屋都黑了灯，老板和老板娘带着两个孩子赶了当天晚上的火车回家过年。走之前老板把苏绵绵叫到跟前，再三确认苏绵绵不回家过年自愿留下来看店，然后才把店铺钥匙给了苏绵绵。他夸苏绵绵勤快，能吃苦，学东西机灵，回来给她补过节费。苏绵绵嗯嗯呀呀地答应着，但心里知道，自己不是因为不想回家，而是暂时还不能回去。

高考落榜后，父母给她找了个做理发学徒的地方，一个月薪水四百元，她留下一百做零花，剩下的三百打到父母户头。一个月四百元的薪水一年就是五千元，算上各个节假日的奖金和学徒转正后的薪资，要是省着花的话，不出五年就能在家乡盘下一家小店面。到时候自己做老板，能往家里拿的钱岂不是更多？她越是这么想着，越是觉得在这儿做学徒，把钱统统往家里打不划算。既然是做学徒，为什么不到大城市去呢？琢磨了一个晚上，第二天夜里她就偷了母亲放在钱包里的钱，买了张硬座火车票，一路跑到了南方。

南方雨水多，夏天长，夏天一过就直接到了冬天，冬天一来就快要过年，苏绵绵满心里都是对陌生城市与陌生口音的好奇，直到大年夜的鞭炮响起，她才发现已经很久没有家里的消息了。

钱没攒下多少，家也就回不去。年三十的晚上，她站在公用电话亭里往家里打了一个电话，"嘟嘟嘟"的声音响起，听见母亲在电话那头"喂喂"地叫着。隔了几千公里的距离，想起家乡的炸糕炸肉丸，心满意足地挂断了。那天她早早关了店门，跑到商场里买下了那瓶手霜。她小心翼翼挤出一点涂在手上，因为皮肤裂得厉害，抹上去火辣辣地疼，但心里很畅快。抹完后她把手霜盖好，放进抽屉里，对自己说了一句"新年快乐"。

这就算是过年了。

3

尽管老板不在，苏绵绵每天依旧早早地爬起来打开店门。

初一一整天没有人，初二一整天也没有人，初三一早刚拉开卷帘，一个四十多岁的男子站在门外，头发上沾了清晨的雾气，显得有些凌乱，身边还拉了一个看起来很漂亮的行李箱。

"你好，要洗头吗？"苏绵绵上下打量着他。

"理发。"男子回答。

苏绵绵铺开一块理发布招呼男子进来。

她熟练地将男子引到洗头床前，淋湿头发，打上泡沫，在容易发痒的地方，多挠了几下。

这里的风俗正月是不剪头的，即便那些忙于生计的商贩也一定要抽出时间在初一之前把头发剃了。所以苏绵绵不由得多打量了男子几眼，却猜不出他是做什么的。

男子注意到苏绵绵正盯着自己，也抬起眼睛看了看苏绵绵。

"还有哪里痒吗？"苏绵绵问。

男子摇了摇头，收回了目光。

苏绵绵给他包上头发，他就径直坐在了理发凳前。

尽管苏绵绵还没出师，但她不想放弃这个练手的机会。她拿出推子，就像在假人头上做造型那样推了起来。"吱"的一声，贴着头皮划过去，可是，因为紧张，仅这一下就出了差错。

苏绵绵要补救，然而越剃就越不平整，越不平整就只好接着剃。终于，她满头大汗的样子连男子也看出了端倪，他抬起头从身后的镜子里瞥了一眼，坑坑巴巴的后脑勺让他皱起了眉头。

苏绵绵赶紧和他解释。

"对不起，对不起，平时都是老板来，今天老板不在，我怕你等急了。"

苏绵绵观察着他的眼色。

"要不等老板回来再帮您修一修。"

男子看了看表，叹了口气，从口袋里掏出二十块钱。

"算了，我还要赶两个小时后的飞机。"

说完就拉着行李急匆匆地走到了门外。

苏绵绵将二十块钱放进口袋，望着男子的背影，长吁一口气。

待男子上了车，她回过头来时才发现一本书落在了桌子上。她追出去，汽车却已经一溜烟开走了。

苏绵绵端详起那本书，书的扉页上有张照片，照片里有两个人，其中一人正是方才男子的模样。

书里面讲的全是经济学，苏绵绵只得耐着性子读。读了不到三分之一，她就躺在洗头床上睡着了。睡到傍晚时，太阳的光线收回了云层里，门口传来滑轮滚动的声音，她才清醒过来。

门外站着的不是别人，正是那个男子。

4

正月里不剪发是这里的规矩。

周边所有的理发店都关了门，只有苏绵绵的老板不愿意。

往年他总要雇人开店，因为迷信，认为歇业关张都是不吉利的说法。今年因为有了苏绵绵，给他省了不少麻烦，不过客气劲儿一过，他就又恢复了老板的本色。他时不时打电话来叮嘱苏绵绵给墙上供着的财神爷上香，把地板打扫干净。苏绵绵答应他了，把香插到香炉里，学着老板的样子念念有词地要财神保佑财源广进，虽然她不知道世上是不是真有神明，但万一有呢。

香火没有熄灭，袅袅青烟升了起来，苏绵绵朝香炉上吹了吹，却吹起了一层灰，迷了眼睛，火急火燎地跑到水龙头下清洗，慌慌张张的样子看得站在门边的那个男子都忍不住笑了。

苏绵绵没有注意到这抹笑容，一边用毛巾抹着脸，一边担心这个人忽然回来是不是要让自己赔钱修头发。苏绵绵分明不敢抬头看他，却装作漫不经心地从小阁楼上拿下锅碗和青菜，在水池里清洗起来。

男子收起了笑意，拿起书。

"小老板，东西我拿走了。"说着就往外去。

苏绵绵这才意识到他并不是来找自己麻烦的。她不好意思地朝他那边看了看，和他搭起话来。

"没赶上飞机吗？"

他点了点头。

"一个人？"

他又点了点头。

他一边点头，一边望着苏绵绵手中的锅碗瓢盆。

苏绵绵有些不好意思，就问他要不要留下来一起吃饭。

原本只是客气的一句话，不料他还真就答应了。

吃什么好呢？

苏绵绵从里屋抬出一张小折叠桌，打开来，摆上一口小锅，又摆上洗好的蔬菜和肉丸子。

廉价的肉丸子发出香味，热腾腾的雾气升起来笼罩在理发店上空。

"吃火锅吧。"

"嗯。"

"你叫什么名字？"

"俞祯。"

"书里有你的照片，但我从没有听说过你。"

俞祯笑了起来。

苏绵绵拨弄着火锅里的食物："多吃点，这餐就算是我赔偿理坏你头发的钱。"

俞祯顺从地夹起一块肉丸子，咬了一口。

"好吃吧？"

俞祯将剩下的那一半肉丸放在碗里，望着苏绵绵。

苏绵绵吃得满面油光直到打了个饱嗝才停下来。

"明晚我请你吃。"俞祯道。

苏绵绵思忖了一会儿。

"行！"

5

萍水相逢，客人们的话未必能当真。

苏绵绵很快就忘了这个约会，可谁知第二天傍晚六点，一辆小车却真的出现在了理发店门口。

车的标志苏绵绵没有见过，那是个立起来的三角框，里面藏着好多 M，就像几扇重叠的门。零星路过的几个人都往这边看，苏绵绵从门口伸出脑袋。

是他吗？

车上下来了一个司机，穿着整齐的衬衫，走进理发店内，对着苏绵绵微微欠了欠身："苏小姐，俞先生让我接您去吃饭。"

司机一板一眼的架势让苏绵绵非常吃惊，这个家伙是什么来头？

这么一想，不免后悔昨天草率的决定。

她满脑子浮现出的都是黑帮和凶杀电影里的画面。

大概人年轻时的生活总有那么多戏剧性。

"苏小姐？"

司机试着提醒道。

苏绵绵这才回过神来。

"你们不会是拐卖妇女的犯罪团伙什么的吧？"

原本严肃的司机"扑哧"一声笑了出来。

连书上都有他的相片，肯定不能干拐卖妇女的勾当，苏绵绵揣度着司机的笑意，小心翼翼地在柜台前记下了车牌号，然后走出去关上了店门。

大概是无聊乏味的过年，让她宁愿冒险去赴一场有些莫名的约会，又或许是其他说不清道不明的东西。

苏绵绵怀着忐忑的心情上了车。

她从来没有见过这样的车，乳白色的座椅前方有一整片屏幕将司机与乘客严格地分隔开来，好像他们原本不在一个世界。车内的每一处设计都凸显着……苏绵绵搜肠刮肚地想着，凸显着什么呢？想了半天，想出了一个词：

身份。

不是有钱，而是身份。

她从来没有想过，有人会在车里配一个和自己不在同一个空间的司机。

苏绵绵的好奇心更加强烈了，细细打量着车里的每一个摆设。

柔软的皮质座椅，高分辨率的屏幕和宽敞的空间。

"这车多少钱？"苏绵绵终于忍不住问道。

司机伸出一个手指。

一百万？

司机摇摇头。

一千万。

苏绵绵的好奇化成了惊恐，她倒吸一口凉气拍打着车窗。

"停车，我要下车。"

司机一个急刹车，还没停稳，苏绵绵就趔趄着打开车门跳了出去。

这一跳就跳到了俞祯的怀里。

6

建筑物看起来并不友好，巨大的石阶与墙檐顺着地面延伸，却偏偏没有大门。

"俞总，"司机欠了欠身，"我把苏小姐送到了。"

俞祯点点头，拍了拍苏绵绵的肩膀。

苏绵绵不知怎么脑子一片空白，就像被钱吓傻了似的，全然失去了主意。

他让她跟着他，她便鬼使神差地跟上了他。

两人一前一后绕到建筑的侧面，跨进一个不起眼的小门。门口站着警卫，铺着软软的地毯，沿着有些狭长的走廊走到尽头，一个大厅赫然出现在眼前。

不像电视里豪华餐厅亮晶晶的样子，这里的整个布局几乎可以用朴素来形容。苏绵绵正要跨入大厅，俞祯又沿着另一条长廊走了。苏绵绵赶紧跟上，在服务员的带领下两个人终于来到了单独的包间。

与大厅截然不同的是，包间里的装修看起来要华丽得多。

桌上的餐具一丝不苟地摆着，每个人的勺子从小到大有七把，刀具从小到大有三把，镶着金边的瓷器能照出人影，这些把苏绵绵都看呆了。

"小老板？"俞祯坐在餐桌前喊她。

苏绵绵这才抬起头，坐了下来，好半天才怯怯地问了一句："你这么有钱，该不会是毒贩子吧？"

俞祯听后忍俊不禁。

服务员端上开胃菜，是白鲟鱼的鱼子，鱼子上有一张小小的金箔，金箔边夹着一份卡片。

俞祯指了指卡片。

"这上面是今天的菜单。"

苏绵绵伸手去拿，俞祯却把菜单放进了嘴里，苏绵绵这才知道，那是可以吃的。

两个人的差距大到似乎连窘迫都没必要。

苏绵绵很快调整了心态，敞开心扉大快朵颐。

她吃了鹅肝，吃了神户牛肉，吃了鲑鱼，吃了蜗牛，直吃到肚子圆滚滚一个劲儿地打饱嗝。

"明天还来吗？"俞祯问她。

她点了点头。

就这样，一连吃了三天饭，到了第四天晚上，俞祯从口袋里掏出一个蓝色丝绒小盒子，然后他问苏绵绵愿不愿意做他的女朋友。

丝绒盒子里是一枚戒指。

苏绵绵怔了怔，俞祯笑了起来。

"我很久没有追过女孩子了，我也不知道该怎么追，我太忙了。"

苏绵绵望着那枚戒指一下子不知道该怎么回答。

霸王就是这样追求虞姬的吗？红拂女就是这样和李靖夜奔的吗？

她想不出答案，分寸大乱，俞祯便朝她凑得更近了些，苏绵绵转过头，想了一会儿闭上了眼睛，二人就这样在餐桌前接了一个绵长的吻。

那是苏绵绵人生中的初吻，她觉得自己还是很幸运的。

爱情来得太容易，并且还是个有钱人。

7

没过几天，俞祯就带着苏绵绵去了他住的地方。

因为要去的城市太多，他总是住在酒店。

苏绵绵起初并没有意识到去酒店会发生什么，等到明白过来的时候，一双手捏得紧紧的，手心里全是汗，她还没有准备好，心里既忐忑又害怕。

害怕一觉醒来会变成妇人。

害怕怀孕。

害怕像传说中的那样失去了童贞，走起路来变成难看的八字步。

俞祯同她亲昵，她便推脱。他靠近一点，她就往后退一点。他要碰她，她就躲开。俞祯试探了几次终于明白过来，不再有什么冒失的举动，而是打开了电视。

气氛陡然清冷，苏绵绵试着说些什么，她说起爸爸、妈妈、弟弟，说起自己将来要开一家美容美发店的梦想，也说起了她高考落榜的事情。她说得滔滔不绝，散漫而繁杂。电视里播放着无聊的美食节目，他轻轻地打了个哈欠，抚了抚她的头发。

"很晚了，你该回去了。"他不由分说叫来了司机。

担心的事情没有发生，苏绵绵提着的一颗心终于落下了。可接下来的几天心情却越来越低落，因为俞祯再没有来找过她。

一个人怎么可以小气到这种程度？

苏绵绵赌咒发誓不再理他，然而每天早晨坐在店铺门口时，还是忍不住巴望着他会从来往的汽车里钻出来。

心底的期盼越来越强，失落也随之与日俱增。

正月十五一过完，理发店老板就回来了，带着一个比苏绵绵大几岁的侄子，话里有话地要介绍给她认识。

苏绵绵的失落感瞬间到达了顶峰。

8

那个男孩模样干瘦，染着一头黄发，牛仔裤上沾着形状诡异的污渍。

他走到苏绵绵面前，伸出来一只手。

"你好，我叫冯成。"

他的指甲有点长，指甲缝里透着黄色。苏绵绵皱了皱眉头，努力挤出一个笑容，却无论如何也伸不出手来。

冯成只好尴尬地又把手缩了回去。

老板娘看出了端倪，不满地旁敲侧击告诉苏绵绵，像她这样的女孩一抓一大把，不趁早挑选，什么好的也留不下。

苏绵绵没有理会。

老板娘便又指桑骂槐地讲了谁谁谁家的姑娘眼高手低，嫁了个跛子瘌痢头，絮絮叨叨地连吃饭也不得安宁。

那天晚上，苏绵绵躺在清水巷 18 号那张小小的单人床上思念起了俞祯。她从来没有这么思念过一个人，思念得简直像要失去了骄傲。她想给俞祯打电话，可是又担心时间太晚会吵到他睡觉。就这么翻来覆去了一夜，天蒙蒙亮的时候她从被窝里钻了出来，爬到抽屉前，拿了几张钱，蹬蹬蹬就往外跑。她一路跑到商场，跑到了文胸专卖店里面。

她选了一套白色的系带文胸，她站在试衣间的镜子前，蕾丝花边轻轻地贴在起伏的胸口前，像一个漂亮的礼物。她端详了很久，终于满意地笑了，撕下标签，付了钱。走出商场后，她拨通了俞祯的号码。

她第一次给自己买了这么贵又这么花哨的文胸，只为了另一个人。

她想象着他可能的欣喜，然而，嘟嘟嘟的声音响了很久，电话才被接起。

"俞祯。"苏绵绵喊他的名字，但电话那头的声音却不是他。

"苏小姐，俞总回洛杉矶了。"司机的口气依然波澜不惊。

苏绵绵的心像被什么东西撞了一下，焦急不已，此后每隔几天她都要打一个电话，而他的动向不是在洛杉矶就是在西雅图，不是在日本就是在英国。

日本是怎么样的？洛杉矶是怎么样的？西雅图是怎么样的？英国又是怎么样的呢？

苏绵绵没有去过，在那个还靠拨号上网的年代，除了电视和高中地理课本，她甚至无从得知它们在哪个纬度、哪个半球，有着怎样的气候。

她回到清水巷18号，坐在床沿边，打开蓝色的丝绒盒子，看了看那枚戒指，又小心翼翼挤出手霜，仔仔细细地在手上涂抹了一遍。她的目光落在远处某个不知名的地方，期待和失落此起彼伏。就这样又过了几天，俞祯还是没有回来，期待渐渐没有了，只剩下了失落。

9

生活重新落回到原有的轨迹。

老板娘不遗余力地撮合着苏绵绵和冯成。

苏绵绵努力发掘冯成身上的优点，好适应这种生活。

比如他总是主动把客人招揽到自己身边，给苏绵绵创造闲暇的机会。

然而这示好的意图却太过明显，每一分微笑和善意的背后，都好像包裹着什么要把她吞噬掉。苏绵绵虽极力克制，反感还是不由自主地流露出来。老板娘说她心气太高。

"做女人，光有一张脸有什么用？总不能一辈子做打工小妹，你以为你真能嫁个钻石王老五吗？"

苏绵绵低着头不说话，那种不服气隔着一堵墙都能透出来。

老板娘和几个爱嚼舌头的临街店主抱怨苏绵绵脑子不开窍，总有一天会后悔的。不知是谁说了句未必，提起了正月里来接她的那辆豪车，俞祯的事情就这样流传了开来。

俞祯的身份、俞祯的来头一时之间成了小巷里生意人的谈资，有人说他背景显赫，有人说他家世渊博，也有人说他白手起家，凭借非法勾当挣到了人生的第一桶金。流言蜚语为苏绵绵平添了不少色彩，给她带来了一些隐隐的底气和优越，仿佛因为和他有关便见过更多世面。男人们看她的眼神变得不一样了，轻视中又带着蠢蠢欲动，不过她不在乎。

她把更多的时间都用在练习剪发上面，有了新的憧憬和希望。

老板表示她既然这么认真，就在他头上试试，剪得好明天就让苏绵绵挂牌剪头。

这再明显不过的暗示却没能让苏绵绵明白过来。

趁着老板娘外出，他提早关了店门，躺到了洗头床上。她小心翼翼地打开水龙头。她先帮老板洗了头，用心按摩头皮上的每一处穴位。洗完头，她又按照从前学过的手法帮他捏了捏肩膀。所有程序滴水不漏地做完，她才引他到理发凳前，系好围兜，打开电动推子。

她小心翼翼贴着他的头皮，一点一点地往下推，终于剃完的时候，她松了一口气，问他："感觉怎么样？"

老板却一把抓住了她的手。

"多少钱？"

她没听清。

他说："他出了多少钱，我也付得起你。"

他借势把她往怀里拉。惊讶瞬间变成了恼怒，苏绵绵摔下推子，夺门而去。

那个头剃得很平整，可惜没有人能注意到了。

她没想到在他眼里，她只是这样的一个存在。

冯成追出店门，亦步亦趋地跟着苏绵绵。

苏绵绵没有搭理他，回到自己的住处。她关上房门，抓起枕头往墙上扔，然后是被子、衣服，搞得一地狼藉的时候她又想起了俞祯。这一切就好像做了一个梦。

她平静下来，叹了口气，从衣柜里拿出那套白色的系带文胸，把它们装进盒子里。她在院子里挖了一个浅浅的坑，把盒子放了进去。冯成问她盒子里装的是什么，她说是一只死猫。

当爱情不见的时候就会变成一只死猫，苏绵绵拍了拍手上的灰，阳光照下来，天空很蓝。

她抬头看了看，这才发现，原来南方的冬天也会有耀眼的阳光与绿树。

10

老板娘不知从哪里知道了这件事，不过她并没有如想象中让事情继续发酵。

理发店一时找不到新人，苏绵绵一时也没有谋生的地方，大家仍旧像从前那样处在一起。

许是为了表决心，许是为了挽回失去的颜面，老板对苏绵绵明里暗里都更加苛刻了。

剪完头发本不需要再洗的客人，老板硬是让她再洗一遍。老板娘则嫌她不干净，坚持不和她在同一张桌子上吃饭。唯有冯成还会在暗地里帮她，但即便如此，她的日子终于还是难熬。旧闻被东家长西家短的新闻覆盖，人们只当她是个被愚弄的人。

手裂了口子，口子里流出血，一天站十几个小时，困得忍不住打瞌睡。苏绵绵偶尔会有回家的念头，可一想到自己是偷跑出来的，又咬咬牙放弃了。老板不时旁敲侧击，惋惜苏绵绵本来可以有更好的选择，苏绵绵却不理会，老板娘则让她单独去厨房吃饭。

"省得有传染病。"

终于有一次苏绵绵忍无可忍，她指着老板的鼻子，让老板娘知道到底谁才有传染病，连月里憋着的火一瞬间撒了出来。她掀翻了桌子，砸掉了碗筷。老板娘气得上前打她，她也毫不示弱地迎上去，抓着老板娘的头发挥起巴掌。

本就不是逆来顺受的人，这一巴掌下去连顾虑都没了。

老板眼看老板娘吃亏，不得不抬起脚把苏绵绵踹倒在了地上。

苏绵绵捂着胸口一下子没站起来，老板趁势还要再打，冯成赶紧上去拉住了他。

冯成说："算了。"

老板推开冯成，骂了一句："滚。"

拳头再次举了起来。冯成想说什么又不敢再说，嘴巴动了动，索性跑到门外点了一支烟。

苏绵绵闭上眼睛，心想，打死他要偿命，打伤了要付医药费，自己不过是忍着点疼，没什么大不了的。这么一想，她咬着牙齿，把心一横，反倒是慷慨起来。可谁知道拳头半天没落下来，汽车引擎的声音响了起来。她睁开眼睛，看到那辆白色的小车停在了门外。

11

以为不会再出现的人终于还是来了。

老板看得怔了怔，举起的手也就放下了。

人有时真是奇怪的生物，那车上下来的人什么也没说，大家就自动让开了一条路。司机还是像第一次来的时候那样，走到苏绵绵面前微微欠了欠身。

"苏小姐，俞总让我来接你。"

苏绵绵站了起来，在众人好奇的目光中，走出店铺，上了车。

俞祯坐在车上，他细细端详着苏绵绵，她比两个月前瘦了，眼窝有一些凹陷，大概受了点苦头。他说自己很忙，真是很抱歉这会儿才来看她。苏绵绵一开始还带着小孩子脾气，不说话也不回答，直到他轻轻揽了揽她的肩膀，眼泪鼻涕才哗啦哗啦流了下来。

车子驶出了清水巷，驶入了酒店，谁也没提上回的事，一切都显得那么水到渠成。

苏绵绵任他把她抱起，横躺在床上，她甚至还主动脱掉了自己的衣服。

房间的暖气开得很足，床垫也很柔软，她俯身趴在枕头上的时候发现枕头上印着他的名字。

这年头，连酒店待客都这么用心。

她又想起了那条系带文胸，可惜它已经被埋在了清水巷18号的院子里。

"想什么呢？"他翻过她的身体刮了刮她的鼻子。

她爬起来说："我有个礼物要送你。"

她回到清水巷，从院子里挖出那个小盒子，然后拿出来把它们穿在身上。回到酒店，胸前的丝带随着呼吸一颤一颤，他一点一点把她打开，他们就又来了一遍。

说不上是快乐还是不快乐。

俞祯睡着，苏绵绵躺在床上，看着天花板，眼睛潮潮的。

好像失去了什么，又改变了什么。

是什么呢？她不知道。

没过多久，苏绵绵就搬出了理发店，搬到了俞祯给她准备的房子里。

九十多平方米的两居室，有电梯，还有保姆。日子和从前简直有天壤之别，但寂寞也增长了一大截。

12

这样的生活注定是和等待有关的。

等他来，等他走，等到冬天变成夏天，夏天变成秋天。临近年关的时候，苏绵绵去商场逛了逛，又看到那瓶茉莉花手霜。

味道还是那么好闻，她一口气买了十支，可抹在手上却再也找不回之前那种充满希望的感觉了。

离开了理发店，手不裂了，南方的冬天湿冷，连护手霜也不需要。

她给俞祯打了一个电话，说想他。俞祯答应过来，她回家准备了一桌子的饭菜。

日子不能这样继续下去。

她打定了主意要向他问个明白，两个人之间的关系是不是可以再进一步，或者生活是不是能有一些改变。

可那满腹的心思不等开口，他却先发了话。

他说："绵绵，我可能会顾不上你。"

她问："为什么？"

他不回答，打开了电视。

电视里正播放着亚洲金融危机泰铢贬值的新闻。他没有看，也没有听，手机持续关机的状态，任电视新闻反复播放着，目光却放得很空很空。

那天夜里，他拼劲全力似的好像要在她身上重新赢回这个世界。

她不知怎么，反而舒了一口气。

从前的计划一起涌上脑海。开一家美容美发店,过平凡的日子,在折叠桌上吃火锅,廉价的食物也有廉价的快乐。

她也可以养他的，这没有什么不好。

临近结束的时候，她翻到他的上面，带着笑容对他说："不要紧，一切都会好的。"

他有些诧异地看着她。

日子从指尖缓缓流过。

英国的鱼子酱、意大利的白松露、菲律宾的玉葡萄、斯里兰卡的幽灵兰。

俞祯成了一个闲人，说是要走，却24小时都待在苏绵绵的房子里，关了手机，侍弄花草美食，连家门都不迈出一步。

她猜他是在躲着什么人。

少了光鲜的外表，年纪立即便显现出来。

苏绵绵发现他在生活中并不是那么有趣，有时候还有些邋遢，缺乏安全感，神经质。

有时他睡到一半，会忽然醒过来，把苏绵绵叫起来，问苏绵绵如果自己什么都没有了，她还会跟着他吗。

苏绵绵迷迷糊糊地说"跟"。

他放下心来，但过了一会儿又爬了起来，跑到阳台上看花儿，像是在自言自语，又像是特意说给苏绵绵听。他对她说，她不会跟着他的，就像幽灵兰，不是谁都能得到，谁都能拥有。若是他什么都没有了，他根本就不会种这种花。

苏绵绵问他："我在你眼里是幽灵兰吗？"

他说，当然不是，一百盆幽灵兰也不够。

苏绵绵笑了笑。

一盆与一百盆终究也只是数量上的区别罢了。

她让他钻进自己的被子里，用手枕在他的脑袋下，听他回忆过去生活的点点滴滴。两个人难得一起聊天，苏绵绵也就着话题说起了自己。

说她高考落榜，说开美容美发店的事情，话匣子打开了，还想再说什么，他却翻过身来，吻了她的嘴唇。

一盆花是不需要经历和血肉的，它只要长在花盆里默默开放就好。

俞祯说自己要出去，让苏绵绵早点睡，苏绵绵答应了。

早上俞祯没有回来，第二天也没有回来。

冬天到了，幽灵兰谢了，阳台上原本郁郁葱葱的花变得一片肃杀。

13

银行卡里还剩下六万块，房子写的是她的名字，市价十五万。

在那个年代，总共二十一万，不算多，也不算太少。

苏绵绵细细想着每一笔可能的支出，一点不敢轻举妄动。

她琢磨着他也许哪一天会再找她，直到收到他的短信，上面写着："你自由了。"

苏绵绵的心有一点酸。

他是怎么理解自由的呢？

夜幕降临，她躺到了床上，走廊的灯一直习惯性地为他而留着。

她爬起来，把灯关掉，四周陷入了黑蒙蒙的一片。

苏绵绵消沉了一段日子。

纵使已经和爱情无关，面对离别也还是会难过。

阿姨宽慰苏绵绵她并没有损失什么，许多人花好多年的时间也挣不出一套房子和一笔存款。

苏绵绵想想也是的，她努力振作起来，准备用存折里的钱去盘下一家理发店。

她花了一半的积蓄付了转让费，风风火火正准备开张，却发现自己突然病了。

头晕恶心想吐，每天都睡不够似的，闻不得香味，闻不得奶味，闻不得鸡蛋，闻不得鱼和猪肉。

她害怕是什么不好的病，犹豫着要不要去看医生。

阿姨问她怎么了，她说好像是胃里的问题。

阿姨皱起眉头道："你该不会是怀孕了吧？"

苏绵绵的脑袋这才嗡的一声，想起有些日子没来例假了。

她急急忙忙去了医院，挂了号，可到科室门前又后悔了。

那些大着肚子的女人无不有丈夫和家人陪伴，倒显得她像个异类。

"29号，苏绵绵。"

里面的大夫叫诊。

苏绵绵站起来犹豫着迈不出步子，准备好的说辞一瞬间卡在了喉咙里，她不知道该怎么开口对医生说自己没有结婚，怎么开口对医生说自己其实不想要这个孩子。

"29号，苏绵绵。"

众人的目光看了过来。

苏绵绵一张脸涨得通红，脑子一片空白，走不了，也进不去，背脊的汗一滴一滴往下流，直到有护士出来拉了拉她。

"怎么回事儿？苏绵绵是你吗？"

"不，不是我。"

她提起包飞也似的逃离了医院。

回到家里，阿姨问她检查结果怎么样，她摇摇头说没事儿。

阿姨长吁了一口气。

"没事就好，年纪轻轻又没有老公，要是真怀孕了可怎么办。"

苏绵绵咬了咬嘴唇，关上卧室的门，哇的一声哭了。

14

没想到，冯成会来找她。

他不知从哪里听说俞祯走了，又从哪里问到了她的住址。

好像约会一般，他还捧着一束花。

他的头发剪短了一点，黄颜色换成了栗色，在阳光下没有从前那么扎眼了。

他穿着新衣服，商标露出一小截忘了剪掉。

他告诉苏绵绵，老板回老家发展，现在理发店是他在经营，生意还不错，老客人一个都没有走，新客人也有不少。

苏绵绵点点头，鬼使神差地把他让进了房里。

阿姨给冯成倒了一杯水，说是要买菜去，知趣地走了。

冯成把花放下，朝苏绵绵身边挨了挨，苏绵绵没有躲。冯成见苏绵绵不躲，索性试探性地牵起了她的手。苏绵绵觉得恶心，但却强忍着。冯成的胆子更大了些，在苏绵绵身上来回摸索。苏绵绵应承着，片刻，抓住了他的手。

他停下来，以为她不愿意。

她说："不要在这里，去你那里。"

两个人一前一后走着。

苏绵绵觉得有点对不起冯成。

她好像是在陷害他，可是她又有什么办法？肚子不随她的愿，谁让他要来？

两个人躺在了阁楼的床铺上，她闭着眼睛任凭床单上的气息一阵一阵涌入鼻腔。

冯成说要娶她，他做老板，她做老板娘，她笑了笑也没有拒绝。

那天回到家，苏绵绵的裤子见了红，她已经开始想象和冯成在一起生活的样子，却没有想到会是这个结果。她忽然就流下了眼泪，跪在地上，把所有能想得到的神灵都感谢了一遍。

生活好像突然间豁然开朗，可这血却连绵不断越流越多。苏绵绵躺在床上，再想要起身，睁开眼睛，就怎么也爬不起来了，勉强撑着身子要坐下来，却头重脚轻地扑倒在地上。

阿姨听见声音，马上开门进来，看见苏绵绵苍白的脸，赶忙叫了救护车。

送到医院，诊断结果是流产不全造成的大出血。抢救了一天，做了清宫，病情稳定了下来，转到普通病房里。

整个病房是生儿育女的欢笑，只有苏绵绵是一个人，阿姨给她送来一日三餐。

看着她的脸说，真是可怜。

苏绵绵撇撇嘴，有什么可怜的。

阿姨便不敢再说。

15

出院的时候冯成来找她。

她没有再搭理冯成，换了手机，也换了家里的电话号码。银行卡里剩下的钱苏绵绵留着不敢用，怕一个人在外有什么头疼脑热。她静悄悄地开了店铺，辞退了阿姨。

临走那天，她想送阿姨一些东西以示感谢，恰好阳台上的幽灵兰还有玉葡萄缺乏打理，肃杀地立在花盆中。苏绵绵想起俞祯曾经说过，这些都是名贵的花，便问阿姨要不要。阿姨点了点头。

阿姨一个人搬不动，又叫来了自己的女儿。

女儿穿着校服，胸前还挂着某某高中的校徽。

苏绵绵问她："你几岁了？"

她说："十七岁。"

苏绵绵说："还在读书吧？"

她说："嗯。"

苏绵绵说："读书真好。"

她说："我又不想读，像你这样多好。"

阿姨白了女儿一眼。

苏绵绵的鼻子不知怎么感觉有一些酸。

五年后，苏绵绵关了店铺，卖掉房子回了家乡。

来城里打工的老乡偶然遇见她提道，她弟弟没考上大学，职中毕业要结婚。

她给家里打了这么多年来的第二个电话，母亲在电话那头显得很局促，过了很久才问她这些年好吗。她说好，母亲欲言又止，想说什么却最终放下了电话，是在怪她吧？

　　苏绵绵风尘仆仆地坐了北上的火车，省吃俭用攒下了一些钱，拿了八万给父母和弟弟，剩下的恰好能在家乡盘下一家理发店。理发店在弟弟婚礼的同一天开张。新媳妇入门，苏绵绵帮着收拾东西，收着收着，不知怎么从衣柜箱底翻出了一张录取通知书，上面赫然写着自己的名字，日期是十年前的。母亲低下头，打开门匆匆走了出去。倒是父亲非常坦然，他说："原想着你要嫁人，供你读书，你弟弟就没法去补习了，所以想让你打一年工再接着考，谁知你自己跑了。你也别怪我们，这是你的命……"

　　苏绵绵没再往下听，命不命的还有什么好计较的呢？或好或坏，还不是要在这世上享人该享的福，受人该受的苦罢了。

六年之痒

1

　　凌菲菲打算和陆明分手。他们恋爱六年，六年前搬进这个小区的时候都还很年轻，手头没有什么钱，工作很辛苦；每天早晨要坐很长时间的地铁去上班，晚上回来疲倦地躺在床上相拥而睡，没有旅行，没有约会，也没有偶尔浪漫昂贵的奢侈礼物。

　　凌菲菲不是那种有太多物欲的女人，她大抵想要的只是一间小屋，一份稍微安逸闲适的生活。对于未来，她没有什么野心。可也正是因为缺乏野心，她在工作上始终沉沉浮浮。

　　人总得要定一个比自己的理想高一点的目标才可能实现理想，这是生活的真理。可凌菲菲没有这种觉悟，她把期待转移到陆明的身上，她要陆明拍着胸脯保证，一切都会变好。可是六年了，除了年龄，其他的什么都没变。

凌菲菲等够了。

分手按计划定在一个周末，阳光明媚，微风不燥。凌菲菲做了一顿丰盛的早餐，叫醒了还在熟睡中的陆明。陆明趿拉着拖鞋，满脸混沌地坐在椅子上，对接下来将要发生的一切毫不自知。

他风卷残云般吃完早餐，又赖到沙发上看电视，尽全力享受着这个不用挤地铁的周末，直到凌菲菲走到他面前，看着他，对他平静地说："我们分手吧。"

彼时，电视里正播放着电影版的《将爱情进行到底》。

电影里，徐静蕾饰演的清纯女主角如今已经是两个孩子的妈妈，她生活窘困，企图在破败的小旅馆里进行一场欢爱，却是贫贱夫妻百事哀，事事都不顺。

陆明没有听清，又问了一遍："你说什么？"

凌菲菲望着陆明的脸一字一顿地说："我们分手吧。"

每天住在看不见光的郊区地下室里，为买房省吃俭用，可攒下的钱却赶不上房价的上涨。一年到头没完没了地忙，好像人生都是这样，永远看不见尽头。

陆明问她对他有什么不满，他都可以改。

凌菲菲便把这些说给陆明听，听着听着，陆明也生气了。

他说："凌菲菲，你自己会挣钱吗？你每个月才挣多少钱，凭什么嫌我不会挣钱？"

两个人说着说着就吵嚷起来，接着又动了手，锅碗瓢盆全都摔碎了，培根和煎蛋弄得满地都是。最后凌菲菲哭了，她坐在地板上，满脸的眼泪鼻涕。

陆明看不下去了，递给她一张餐巾纸。她接了过来，不舍与愤恨一起向她袭来。她一下弹起来扑到陆明身上，连挠带咬。但陆明这次没吭声，捉过凌菲菲的脸，来了个绵长激烈的吻，吻到两个人都流出了眼泪。

陆明说："我爱你。"

凌菲菲说："我也爱你。"

他们相拥睡着了，可第二天醒来，凌菲菲还是决定分手。

不能一起幸福，不如分开各自幸福，凌菲菲铁了心，任陆明怎么劝说也不改主意。分手从来都是单方面的，陆明到最后只能摊摊手接受了这个事实。

在相恋的第六年，他们分手了。

2

因为一时半会儿没找到合适去处，两个人仍旧住在一起。狭小的一间卧室，用布帘煞有介事地隔开，光线照进来，人的影子印在上面，他们的一举一动倒是有了另一种味道。

他们还像从前那样互相照顾对方，谁回来得早，谁就淘米煮饭。不过，他们把钱分开来用了。凌菲菲这才发现自己挣的钱真的很少，没有积蓄，每个月捉襟见肘。

两个人生活要比一个人划算，凌菲菲觉得是时候再找一个男朋友了。她发了朋友圈和微博，配着心情文字与自拍，或明或暗地透露出了单身的消息，只是问津者寥寥，唯一留言的依旧是陆明。

"姑娘，拜托，PS不要P得这么夸张好吗？"他甚至在留言里帮她爆了一张他以前抓拍她吃鸡腿时的丑照。油光可鉴的脑门，连粉刺和黑头都看得清。

同住一个屋檐下让原本严肃的分手变得不再那么严肃，让原本应该伤感的陆明不再那么伤感。

凌菲菲盖下电脑屏幕，愤怒地扯开帘子，陆明却对着凌菲菲哈哈大笑。

他似乎认定凌菲菲就是站在二十多岁的尾巴上有那么一点危机与焦虑，只要他们还住在一起，只要人有孤独寂寞需要陪伴的时候，帘子也就总有撤下来的那一天。可凌菲菲显然不是这样想的，陆明的笑声提醒了她，第二天，她就开始寻找租房信息：三环、四环、五环、六环，东边、西边、南边、北边，回龙观、望京、天通苑，找了一圈又一圈。

"房租那么贵，押金那么多，要搬哪儿去呢？"陆明问她。

她说："房租那么贵，押金那么多，我才更要搬走。"

陆明不知道这话是什么意思，但终于恐慌起来。他暗地里偷偷删掉凌菲菲发出的租房帖，用凌菲菲的电话回绝中介，藏起她的生活用品和工资卡。可这些都挡不住一颗奔向新生活的心，不知从他没有注意到的什么地方，凌菲菲得到了租房消息，趁他不在家时打包好了全部行李，拿走了柜子里所有的衣服。

那天，陆明买了凌菲菲最爱吃的手指饼干，回到家里想要告诉凌菲菲单位给他涨了 1000 元的工资，可房间里却空无一人。

卫生间的洗浴用品没有了，衣架上的外套也没有了。陆明给凌菲菲打电话，她说："我搬走了，钥匙放在桌子上了。"陆明开了一瓶啤酒，配着给她买的手指饼干，边吃边看电视，眼圈变得又干又涩，泛起了红。他想不通，她为什么忽然这么厌恶过去，这么凉薄决绝。他想来想去，还是决定去找凌菲菲。

3

两个人在同一张桌子上吃饭，在同一张床铺上睡觉，整整六年的时间，手牵着手就像左手拉右手。丝丝入扣的默契成了习惯，怎么能如此轻易就割舍下去呢？

陆明换了身新衣服，来到凌菲菲的新住处，就像初次约会那样，心脏怦怦怦直跳。

那是一间两室一厅的小隔房，带独立阳台和厕所，凌菲菲的合租对象是个三十好几的男的，常年盘着手串，啫喱梳得满头油光发亮。

要是换在从前，凌菲菲是断不会和这样的男人有什么交集的。可如今，她说起话来细声细气，陆明买来的水果被她悉数洗好，放到客厅的桌子上，喊他来吃。

"你什么时候变得这么没品位了？"陆明把凌菲菲拉到一旁

挪揄道。凌菲菲却轻描淡写地说了一句："他是房东。"

陆明准备好的说辞一股脑儿又咽了回去。三十几岁居然就当上了房东，那满手的蜜蜡佛珠恐怕也不便宜。

想到这里，陆明有一点沮丧，硬着头皮坐在沙发上，盘算着和好的话该怎么讲，是谈过去的感情，还是谈未来的生活？可还没等他打好腹稿，凌菲菲就看了看表，下了逐客令。

"明天还要上班呢，再晚一点，地铁就没了。"电视里播放着不知什么年代的电视剧，房东前一刻还在聚精会神地看电视打电话，一口一个比特币抛售，融资 A 轮 B 轮，这一刻就热情地替陆明打开了房门。

"你们这些白领工作不容易，打个车，吃几顿饭，再付了房租，工资就白领了。"

陆明梗着脖子站在房门口，进也不是，走也不是，一张脸憋得通红。还是凌菲菲看不下去给他打了圆场："行了，打车也没必要，我送你去地铁站吧。"

两个人冻得窸窸窣窣地走在空旷的街头，陆明习惯性地要把凌菲菲的手放进自己的口袋，凌菲菲却生涩地抽了出来，将手环抱在胸前。气氛变得有些尴尬，又有些伤感，凌菲菲自说："六年了。"

陆明点点头，凌菲菲摆了摆手，要他回去。

天上下起了雪，白白地落在人的头上，陆明想告诉凌菲菲，两个人在一起有多么不容易，钱或许可以再挣，挣不到或许也没有什么要紧，房东不是过日子的人，三天两头换换房客揩一揩油。可话到嘴边，一阵北风吹来，灌进了喉咙里，空张着嘴巴什么声音也发不出来，酸酸地，流下两行泪来。

浴

1

　　小娥提着行李袋从公交车上下来，她穿过厂区大门，记忆中光鲜亮丽的景物处处透着年久失修的味道。绿化带已经很久没有人打理，早已荒草丛生，喷泉锈得斑驳，枯叶堆满了水池。不知是谁家养起了鸡鸭，它们成群结队走在宿舍区里，给这原本就萧瑟的工厂更添了一丝萧瑟。

　　小娥掏出钥匙，打开房门，房间内的一切和离开时并无二致，时光席卷了这里的每一个角落，却独独抛弃了这座小屋。她跨进屋内，脚步声引得厨房里的人探出头来。

　　"小娥，是小娥回来了！"

　　吴姨摘下围裙，急急忙忙从厨房出来。她看上去老了一些，身材松垮。她知道小娥要回来，特地染了新头发。不知是不是贪图便宜，阳光下微微泛着不自然的黑。小娥细细端详着吴姨，发现吴姨也在看着自己，又连忙把眼睛移开。

"不是说下午回来吗，我还让你吴叔找了车子去接你。"

吴姨把吴叔推到小娥面前，埋怨小娥没有把时间说清楚，错过了接送。

小娥生涩地笑笑，又看了看吴叔，低下头来。

小屋陷入了尴尬和沉默之中，吴叔想说点什么，嘴巴动了动终于还是没说出口。吴姨便把小娥领进了浴室，她把新衣服层层叠叠地拿出来，放进橱子里。她没有看小娥，自顾自说着话。

"你现在还年轻，以后什么都会好起来的，把晦气洗掉，好运就来了。"

小娥"嗯"了一声，吴姨便替她关上了门。

淋浴被打开了，滚烫的水温让小娥的身体微微颤了一下。

囹圄里待久了，一时还没能适应这样的温度，她坐进浴缸中，慢慢吐出了一口气。

置物架上的香皂、毛巾都是新的，墙上有一面镜子，镜角处的裂痕和从前一样。她轻轻擦掉镜子上的雾气，一张寡淡清瘦的脸映在镜子中。

太久没在镜子里见过自己的样子了，她吓了一跳，赶紧闭上眼睛，等了很久才重新睁开。她仔细端详着镜子中的脸，少女的模样已经被时光淘尽。

她叹了口气缓缓把头埋进了水里，从前的记忆一点一点浮现在眼前。

2

那时的工厂还不像现在这样。

隔三岔五召开生产运动，工厂里里外外都洋溢着热闹与青春活力。

小娥父亲是七号窑的负责人。像这座工厂其他的年轻男人一样，他顶着粗暴的脾气，擅长用拳头交流，用拳头讲理，用拳头教育人。生产大动员结束后，他回到家里睡觉，家里不知怎么跳进了一只小蛤蟆，小娥捉它时打碎了阳台的花盆。他气急败坏，提溜起一根皮带意图让小娥明白不扰人清梦的道理。小娥在噼噼啪啪的皮带声中鬼哭狼嚎，巴望着父亲早点吼出来"下次再犯打断你的腿"之类的结束语，可结束语没等来，却等来了一声呵斥。

"你在干什么？"

两人一起回头，看见一个穿红裙子的女人抱着一盆酸菜站在门边。

她伸出一双手把小娥父亲推到了一旁，拉起小娥。

红色的确良的领子，纽扣解开了一颗，隐约可见的胸脯随着呼吸一起一伏。

小娥父亲怔怔地看着她，她却有意忽略掉这灼热的目光，抱起了小娥。

"再这么打孩子，就不还给你了。"

在小娥父亲的注目礼中，她拉着小娥一摇一摆地回到自己的屋子，关上了房门。

她问小娥被打疼了没有，小娥不说话。

她要小娥给她看被打伤的屁股，小娥也不给看。

她嗤笑了一声。

"都是女人，怕羞什么？"

小娥却仍然护着自己的屁股。

她没有勉强，摸了摸小娥的头，要她喊她吴姨。

小娥低着头小声叫了一句："吴姨。"

房间里弥漫着食物的香气，吴姨的裙子很漂亮，梳妆台上有各式各样的化妆品。小娥偷偷看着它们，吴姨把小娥领到镜子前，帮她梳开了打结的头发，又戴上了红蝴蝶。

那天晚上，小娥跟吴姨一起睡。吴姨穿着一条吊带睡裙，光滑的缎面轻轻贴着皮肤，显露出曲线。她切了两片小黄瓜敷在眼睛上，见小娥好奇，又切了两片，给小娥也敷上。小娥害怕父亲会来，吴姨就给她放电视里的马戏表演转移她的注意力，一只狮子在驯兽员的指引下在火圈中钻来钻去。

吴姨说："你看，男人就像是这狮子，女人就像是驯兽员。有驯兽员在，狮子有什么可怕的？"吴姨说完"咯咯咯"自己笑了起来。

两人一直睡到日上三竿有人敲门才醒。

吴姨披了一件外套起床开门，门口站着的不是别人，正是小娥的爸爸。他手里提着两只小兔子，说是一早去市场买的，给孩子补补身体。

吴姨没有忍住，又笑了起来。

倒像是他打了别人的孩子。

那两只兔子最终也没有用来补身体，而是被吴姨养着，每天给它喂胡萝卜和白菜，一直喂到兔子寿终正寝。她是个温柔的女人，即便后来的岁月将她磨炼得粗糙，这份温柔也从未改变。

3

小娥的父亲好像爱上了吴姨。

那一面眉飞色舞。

他不再用拳头讲理，不再用拳头说话，不再用拳头教育小孩。相反，他开始用各种温柔的借口接近吴姨。他帮吴姨换灯泡，帮吴姨修煤气。修煤气的时候，她在一旁递工具，他就把手放在她的手上摸。一开始有意无意地摸一下，后来明目张胆，摸到胳膊上面，她就打开他的手。再后来，他们饭吃在了一起，衣服也洗在了一起。

小娥问吴姨："你为什么和我爸爸这么好，你自己没有老公吗？"

吴姨问是谁教她这样讲话。

小娥说："没有人教我。"

吴姨叹了口气，说："你知道什么叫寡妇吗？"

小娥摇摇头。

吴姨说："我是寡妇，寡妇就是死了丈夫的女人。"

小娥听见死字，一转身就跑掉了。

她跑了回家。

爸爸问她干了什么坏事。

她说吴姨的丈夫死掉了，吴姨是个寡妇。

爸爸告诉小娥，吴姨的丈夫在一场事故中被卷进了破碎机里。

那天晚上，小娥做了噩梦，梦见一个轰隆轰隆响起的黑机器里流出血肉模糊的东西。

她从噩梦中惊醒，浑身汗涔涔地钻进吴姨的房间。吴姨抱着她，把她的脑袋贴在自己的胸口。

父亲半夜起来没有看见小娥，于是敲开了吴姨的房门。两人坐在一起，看着小娥睡觉，看着看着，他们隔着小娥就并肩躺在了床上。第二天起来，邻居们都看在了眼里。没过多久，厂里的领导索性做了媒，撮合吴姨和小娥父亲领了证。

领证之前，吴姨提出了三个要求：第一，前夫的抚恤金要一次性发放，每个月还要基本工资；第二，小娥爸爸的薪水要交给她管；第三，家里的浴室要有浴缸。

对于抚恤金的事情，小娥爸爸尽心尽力奔波，但领导们都没有应承。吴姨自己不甘心，一个人去了厂长办公室流眼泪，她说，人要是没死救活了的话，抚恤金也有，基本工资一样也有，怎么死了，反倒还更便宜了呢？不知是眼泪打动了人，还是话的确在理，又或者她这样一个没有男人的存在太动摇人心，层层申报上去，竟然也就批准了这个要求。

两人欢欢喜喜地办了酒席。

那个年代只有电视里的外国人才用浴缸，那么小一个卫生间，根本买不到合适的尺寸。为了满足吴姨的要求，小娥父亲只好找人要来了水泥，自己量好尺寸给吴姨筑浴缸。

吴姨照例在一旁打下手，两个人猫着腰在狭小的卫生间里，抬头碰一下，低头碰一下，一转身面对面又碰一下。吴姨的胸脯蹭在了父亲的手上，吴姨的屁股蹭在了父亲的腿上，父亲的眼神变了，他给小娥五块钱，让小娥出去买东西，悄悄地掩上了门。

原本一天就能做好的浴缸，就这么断断续续做了一整个周末。水泥干透的那天，几个邻居跑来看，她们嘴上赞叹吴姨就算二婚也嫁了个手巧疼她的好男人，心里却都笑她傻气做作。一个破浴缸浪费水洗起来又麻烦，要它来做什么？

但吴姨喜欢，她泡在水里的样子，就好像自己是一只美人鱼。

小娥趴在门缝里偷偷看吴姨。热气缭绕的水池里，吴姨的脸红扑扑的，皮肤也红扑扑的。

有一回小娥被吴姨发现她在偷看，就喊她进来帮她搓背。小娥害羞地低着头，她就笑："都是女人，羞什么？"吴姨热情地邀请她一起洗,她就赶紧把眼睛移开。吴姨伸出手,在她铜钱包一般刚要开始发育的胸脯上抓一下,恶作剧似的。

不知怎么,小娥晚上睡觉时开始不停地梦见吴姨端坐在浴缸里的身体,一种奇怪的温热从心底慢慢往下流。小娥从梦中惊醒,床单上一抹红色,她叫了起来。吴姨跑到她的房间,空气里弥漫着一股女人特有的经血味道。吴姨笑了,她说:"小娥你长大了,是个大姑娘了。"父亲闻声也过来了,却被吴姨赶走。她从抽屉里拿出一包卫生巾,手把手教给小娥应该怎么换。她用自己做示范,撕开一片包装。小娥忍不住去看吴姨,脸唰地一下红了,那奇怪的温热感就又来了。吴姨说,她倒是不像个女孩子家。

梦中的事,小娥没有告诉任何一个人,可那肉体却映在了她的脑海里。她想起了母亲,母亲有过这样的身体吗?她记不清了,印象中母亲是个短发嗓门粗暴的女人,和父亲并没有多少区别;她又想起了自己,自己以后也会有这样的身体吗?她不知道,有一点恐惧,又有一点向往。她有时候会躲在厕所里偷偷学吴姨的样子泡进浴缸中,好像泡着泡着细细的胳膊就会浑圆饱满起来,朦胧的五官就会变得明朗起来。

就这样到了冬天,厂里又开始搞生产运动,父亲整夜上班,吴姨就让小娥来她床上睡。

4

吴姨怕冷，总是环绕着小娥。

小娥背对着吴姨任她抱着，有时候两人会说一会儿话，有时候什么都不说。等她的鼻息渐渐重起来，小娥就会放松下来，转过身去看她。黑色的睫羽随着眼球的转动轻轻开合，细腻的微微泛着油光的皮肤，远离了这座工厂里所有的粗暴无礼和漫天尘土。她在她的臂弯里慢慢进入梦境，偶尔会被下夜班回来的父亲吵醒。不过，父亲打开门看见她们都在床上睡着，就会自觉地去另一个房间。只有一次，父亲没有走，他不知为何起了兴致，爬上了吴姨的床。

纵然是在迷迷糊糊间，小娥也能感到身后传来了不同寻常的动静。一双手摸进被窝，带来冬日里特有的冷飕飕的气息。小娥清醒过来，听见父亲的声音趴在吴姨耳边说："给小娥带个弟弟吧。"吴姨嗔怪地应了一下，酥到人的骨子里。她轻轻地将冷飕飕的父亲抱进了怀里，冬日的气息就突然变得火热撩人起来。

小娥紧紧闭着眼睛，可那喘息声却不自觉地涌入她的耳朵。她不知怎么掉下眼泪，好像一下子什么都明白了。那眼泪一连串地往下流，耳根又红又烫，直到父亲从吴姨的身上下来，眼泪也没有停止。

第二天早晨，吴姨做好早餐喊小娥起床上学，发现枕头上一片泪痕。吴姨问她怎么了，她低着头看着自己的脚尖，一句话也没说却忽然生气似的一溜烟跑开了。

吴姨换掉了泪湿的枕巾，想起昨晚的事情不禁笑了起来。后来又有几次，父亲要和吴姨亲昵，吴姨就没有同意，她说这样会把小娥吵醒。

再后来，吴姨就不喊小娥来陪她睡觉了。

小娥一个人躺在隔壁的卧室，蔓草一般的心情在心中疯长。她记挂一墙之隔的吴姨，越不让自己去想，头脑就越被乱七八糟的画面所占据。她觉得心里好像病了一样，被羞于启齿的东西一点一点吞噬着，脑海里都是吴姨的样子，心里也是。很多年后，她终于明白，或许那只是她生命中出现的第一个鲜活的让人艳羡的女性形象，那些荒唐的念头终会随着成长而被释怀，可惜日子并没有一如既往地过下去。

吴姨没有怀上孩子，清瘦的父亲的肚子却像个女人一日似一日地隆起。

大家开玩笑，说他胖了。可他的眼眶越来越凹陷，面颊越来越尖窄，唯有肚子顶在身体的前面，一敲就硬邦邦地响。

吴姨陪他去看医生，医生说是腹水。

好端端怎么会有腹水呢？

拍了片，做了活检，确诊是肝癌晚期。

消息传开，厂里的男男女女们仿佛印证了什么道理似的，那个女人果然是要不得的。

5

小娥的父亲还想要和吴姨长长久久,想看着小娥出嫁,再生一个儿子。他怀着这样的信念,挺着一肚子的肿瘤,坚持做了两次手术,化疗的时候胆汁都吐出来了,却不肯减掉饭量。

他拉着小娥的手说,人只要能吃,能拉,就能活。

凭借着超凡的意志力,他每顿吃两碗米饭,肚子实在涨得太厉害就缓一缓,每吃一口都像受刑似的。

厂里的工友常常给他拿来偏方:蛐蛐、蚂蚱、蝉蜕、童子尿、牛眼泪。

他把这世上能受的罪都受了一遍,可癌却还是没有消失。胃里,肺里,脑袋里,骨头里,第三次把肚子打开,医生看了一眼又给缝上了。不能再做手术,只能吃药,靶向药贵得发指,家里的积蓄很快就花光了,厂里的效益一年不如一年,也报销不了什么钱。

小娥问吴姨:"爸爸会死吗?"

吴姨没有回答,却从抽屉里拿出一小块黑绸布。她打开黑绸布,里面包着的是个橡木框裱起的照片。照片下方压着存折,吴姨对着照片看了又看,终于下定决心拿出存折,她把相片包好,重新放进抽屉里。

那是她前夫的抚恤金,一共十万块钱,分批取了三次,她怀揣着沉甸甸的希望把钱掷向了医院。然而小娥父亲却没有像希望的那样好起来,他的病已经花光了所有的钱,却依旧倒在病床上,下不了地，走不了路，疼得连哌替啶（强力镇痛药）都失了效。医生开出吗啡，可他拒绝使用吗啡，他瞪着吴姨说，"你怎么这么没有常识？吃那个东西会上瘾，以后戒不掉的。"吴姨没有争辩，顺从地点着头，说自己糊涂了。

他疼得牙齿发抖，一颗颗的汗珠从额头上冒出来，每隔半个小时就要换一身衣服。痛得厉害的时候就乱喊名字，喊小娥的名字，喊吴姨的名字。一边喊一边骂，骂小娥是讨债鬼，克死亲妈，现在又要克死亲爸；骂吴姨水性杨花，不等他咽气，她就会和别人跑掉。

吴姨偷偷躲到角落哭了一会儿，擦干眼泪后回到病房。她告诉小娥父亲，医生给他开了一种特效药，是治疗的新方法。小娥父亲死灰般的眼睛亮了起来，嚷嚷着马上要用药。

吴姨立刻叫来医生给他打吗啡。

在一剂又一剂的吗啡中，他沉沉地睡去了，肚子越来越大。他依旧努力吃着东西，可清醒的时间却越来越少。到最后一翻身就喘不过气，他不能再翻身了，被移到了单独的病房。因为翻不了身，他背后的皮肤开始流水、溃烂，每个经过的人都捂着口鼻。他还没有死，但他的身体已经开始死去，就这样，一直持续到入秋。

吴姨提着打好的流食去看他，他闭着眼睛。

吴姨说："吃饭啦。"

他眼皮动了动，问吴姨几点了。

吴姨说下午五点了。

他忽然睁开眼睛看着吴姨的脸，像是要把自己钉进她的身体里。

他说："你看我还会好吗？"

吴姨没有回答，替他掖了掖被子。他拼劲全力抓住她的手，喉咙里发出咕噜咕噜的声音，不知要说些什么，但很快就只有出气没有进气了。

心电图变成了一条直线。

医生护士赶来例行抢救。

厂里的领导，车间里的主任，还有小娥都来了。

奇迹还是没有出现。

医生宣布死亡。

在场所有人仿佛都松了一口气似的发出一声长叹。

6

父亲临走的前几天曾把小娥叫到身边。

他说自己不会好了，放心不下她。小娥没想过他会对她这样说，两人同住在一个屋檐下，却好似从来没说过什么。她想到这里，心里一酸，几乎要落下眼泪。父亲却叹了一口气，撑起手来，回光返照般要掐小娥的脖子。他一边用力，一边说，她没爸没妈，吴姨一改嫁，她就要成孤儿了。他还不如带走她，小娥吓得直往病房外面跑。父亲扑了空，一把跌在地上。几个护士过来，把他扶回去，他闭着眼睛流眼泪。

小娥没告诉过别人这件事，但父亲那溃烂的、发出恶臭的身体却在脑海中挥之不去，好像她一闭眼就能看见他。看见他拉着她的手，她立马躲开，从黑暗里又伸出无数双手，它们空洞、愤怒、无助又彷徨。

出殡的第二天晚上，小娥主动爬到吴姨的床上睡觉，她说她害怕。吴姨问她怕什么，小娥说，怕父亲，父亲要来找他。吴姨不信，说世上要是真有鬼，那也是你的爸爸，他会保佑你的。小娥没有说话，她好像听见一个声音，像风一样钻进了自己的身体里。她闭着嘴，手脚冰凉，额头却滚烫起来，忽然栽倒在地上，一个人像筛糠似的发抖。

吴姨掐她人中，她没有醒，吴姨这才也跟着害怕起来。她又是喂水，又是灌药，六神无主的时候就什么都信了。吴姨想起小时候听老人讲，鬼最怕米，于是急急忙忙从米缸里掏出一把米，洒在房间的每一个角落。她抱着小娥，对着一团空气不停地说话。

吴姨说："你要走就走，别糊里糊涂带着小娥。小娥还小，我会照顾她的。你想要什么，你就和我说。"

吴姨一边说，一边摸着小娥的头。到了后半夜，小娥的烧退了一些。吴姨躺在床边，终于松下了一口气。

吴姨哀叹小娥命苦，没了妈妈又没了爸爸。

小娥眼睛半闭，突然吐出一句："我还有吴姨。"

吴姨先是愣了一下，进而一把把小娥抱进了怀里。

不知是为小娥命苦，还是为自己命苦，吴姨开始大哭起来，哭得小娥的衣服都湿透了也没有停下。

7

丧服穿了七天，一身缟素。

发髻间别着一朵白花，服丧则持续了整整一年。

小娥还以为会一直这样下去，两个未亡人相依为命。然而第二年春暖花开的时候，吴姨却换了身花衣裳，她坐在梳妆台前化着妆，描着淡淡的眉毛，淡淡的红唇，头发一丝不苟地挽了起来。

小娥问她去做什么。

她说去找工作。

小娥问她去哪里找工作。

她说去厂领导那里找工作。

小娥不吭声，眼睛盯着脚尖。

她听过她的那些事，和那些男人的风流事——在她认识父亲之前，在父亲生病之后。

她不信，每回都急着为她申辩。

吴姨嘱咐小娥去休息，自己转身离开。小娥偷偷地跟上了她。

两个人走在路上，一前一后，绕过居民区，进了厂大门。

她看她走进工会主席的办公室，看着办公室的窗帘被拉上，门被关了起来。她站在外面拳头握成一个小包，仔细听着房间里的动静，但是什么也听不见。房间里沉默着，没有人说话。不知等了多久，吴姨还没有出来，她就捡起一块小石子朝窗户扔进去。窗子被砸开碎了一个洞，一个人的头探出来。小娥拔腿就跑，一路跑回了家。

天黑的时候，吴姨终于回来了，带回来一只烧鸭，脸上洋溢着喜气。

她说她找到工作了，给供应科看仓库，一份闲职，薪水很不错。

她打开烧鸭，又焖了米饭。

小娥不说话，低头吃着烧鸭，好像要把每一块骨头都揉碎了咬进嘴里。

吴姨让她慢点吃，说领了薪水就带她去买衣服，她"啪"的一声把筷子放在桌上，回了房间。

吴姨默默地吃完了剩下的烧鸭，洗完碗筷，到浴室泡起了澡。

小娥听见流水的声音，脑海里是父亲趴在吴姨身上的模样。后来，父亲的脸又变成了工会主席，工会主席的后背就像父亲一样发脓溃烂。

她打开浴室的门站在吴姨面前。吴姨盯着她的身体，忽然脱掉了自己的衣服，也跨进了浴缸中。吴姨什么也没说，拿起一块搓澡巾，轻轻地在小娥的后背上揉搓着。十六七岁的人，胸脯像两团半开未开的花儿。搓着搓着，小娥忽然哭了，转过身抱着吴姨，她不知道自己为什么哭。吴姨也不知道，但又仿佛明白似的，拍着她的后背，帮她抒发着委屈。

滚烫的热水里，她趴在她的胸前，眼泪比热水还要滚烫。吴姨抚着小娥的头发，吴姨说："年轻真好，头发又黑又浓，不像我，都开始老了呢。"

小娥说："以后就咱俩过好不好？"

吴姨说："傻孩子，当然好。"

小娥说："那你为什么还要去找别人？"

吴姨怔了一下，明白过来那扔小石子的人就是她。她叹了口气说："我们得吃饭，我不去找人，你上学怎么办，我们的收入从哪里来？"

她温言软语地在她耳边轻述，说是等她大学毕业，家里的日子就好过了，她就能跟着她享福了。

8

可惜，吴姨的女工生涯并没有持续多长时间。

工厂的效益一年不如一年。

没过多久，厂子要裁员的消息就传得人尽皆知。工人们都忙着各自找门路，希望赶在最后结果公布之前把自己的名字划掉。然而找门路的人实在太多了，当天下午工会就不得不公布了消息。裁员册上没有名单，所有员工按年龄统一划分。

年轻的工人们呼出一口气，可年长的工人们怎么办呢？他们有的骂骂咧咧问候厂长爹妈，有的索性坐在地上号啕大哭。偏有几家男女年纪相差大的，上有老下有小的一时间找不到出路，只能相顾无言沉闷地坐在厂门口以示抗议。工人们人心惶惶，都说裁员只是第一步，第二步就是破产倒闭。

吴姨因为年过四十，裁员名单上板上钉钉有她。她下了班在家里呆坐着，她有一点老了，眼神里是女工们特有的疲态。她对着镜子看了又看，看见了站在一旁的小娥。小娥五官像她的父亲，并没有那么明朗，甚至谈不上好看，可皮肤吹弹可破，没有一点点纹路。她叹了口气。

第二天她又去了工会，工会主席办公室的大门紧闭着。她辗转去了人事科，去了财务科，所有能想到的地方都去了。可回家的时候，她依旧没有找到能免于不被裁掉的方法，她对着镜子，默默地擦掉口红和粉底，想不明白究竟是自己老了，还是这个厂子真的不行了。

小娥说："吴姨，要不，我不读书了，我去南方打工吧？"

吴姨看着她："我倒是想你能早点赚钱，可你爸爸不会同意的。"她顿了顿又说，"再熬几年就熬出头了。"她像是说给小娥听，又像是在说给自己听，她焦虑的情绪稍微缓解了一点。

第二天她跑去打听能挣钱的活儿，学着其他下岗女工接了些在家织毛衣的工作。她织得腰酸背痛，挣不了一天的饭钱，却要养着两个人。她只好把一分当成两分用，一块当成十块花，伙食从两荤一素变成了两素一荤，荤菜里的肉从肉片变成了肉丝，从肉丝变成了肉沫。小娥那会儿还在长身体，纤细得就像一颗豆芽。她们一点一点缩减吃穿用度，直到小娥的班主任来了电话。

她说，全班只剩下小娥没有交学校的补习费了。

班主任的声音中充满了抱怨。吴姨放下电话，质问小娥为什么没有告诉她，小娥说自己忘了。于是，吴姨连日的委屈、愤恨都在那一刻爆发了出来。她不知从哪儿抽出一根毛针就往小娥身上扎去，小娥咬着牙一声不吭。她知道吴姨心里的难过无处可说，知道吴姨的心酸、吴姨的不易，知道吴姨在辗转反侧的夜里躲在被子里哭泣的样子。小娥带着热忱与献身精神，顺从地任吴姨打她。吴姨打得累了，发泄完了，终于停下。小娥喘着粗气，吴姨也喘着粗气。小娥满眼温柔地看着吴姨，但吴姨却像是不好意思似的，移开了目光。

她当然知道小娥为什么没有说，小娥也知道她知道，只是彼此谁也没有捅破。洗完碗筷后，吴姨找了个借口出去了，她画着比平常浓的妆，低着头，戴着口罩。小娥在家等她，等了一宿。一直到第二天清晨，她才回来。她手里拿着五百块钱，妆容有一点花，她把钱放到了小娥手中，走进了浴室。

吴姨把许久不用的浴缸放满了水，她跨入浴缸中，滚热的洗澡水浸润着她的每一寸肌肤。洗到一半小娥也来了，趴在浴缸边替她搓澡，一下一下，认真又细致。浴室里热腾腾地，她出了汗，脱掉了衣服，吴姨轻轻抚着她身上被毛针抽出的印子，问她疼不疼。

她摇摇头，吴姨说："等再熬几年，好日子就来了。"

她又点着头。

她们在彼此的眼中寻找着希望，寻找着使命。

半路母女看起来倒是比亲生的母女还要更亲。

9

吴姨每天晚上都会出去，一直到第二天凌晨才回来。有那么几次她提前回来，偷偷摸摸地带着一个男人，小娥便会默契地关上门，假装什么也不知道。她成了她的责任，她则成了她的未来，一个拼命挣钱，一个拼命读书。餐桌上的饭菜又从素的变成了荤的，油水多了起来，小娥的身材也慢慢圆润起来。市里的联合模拟考试她得了全区第三，老师说继续保持这样的成绩有希望考上北大。吴姨做梦也没想过北大会和自己这样的人扯上关系。她捧着小娥的成绩单看了又看，摸了又摸，脸上笑得像一朵花。

那天晚上她烧了一大桌菜，温了一壶黄酒，两个女人面对面坐着，你帮我倒一点酒，我帮你倒一点酒，互相说着干杯。后来吴姨喝得有些醉，小娥就把她扶到床上休息。她两颊绯红，四十多岁的人在柔和的光线下看起来倒像只有三十几，眼波里含着泪，泪里又泛着光。小娥替她掖上被子，端详着她的脸。

吴姨问她在看什么。

她说："看你真美。"

吴姨说："老了就不美了。"

小娥说："老了也美。"

吴姨咯咯咯地笑。

"你嫁了人可不要忘了我。"

小娥说："吴姨，我不嫁人，我以后守着你过。"

吴姨听罢又咯咯咯地笑。

小娥是这么说的，也是这么想的，她愿意守着吴姨过日子，可变化却又发生在了吴姨身上。冬天过去，春天来了，吴姨又有了新的男人。

她的妆越来越淡，回来的时间也越来越早。小娥每次都能在她们家楼下看见同一个人，他拉着吴姨的手，要说上好长时间的话。终于有一天，吴姨把这个男人领进了家里，领到了小娥面前。

吴姨说："以后，我要和他一起卖早餐。"

小娥不说话，低着头看着自己的脚尖。

吴姨又说："我和他彼此有个伴，你大学毕业后，我也不会拖累你了。"

小娥猛一抬起头，眼睛里蓄着泪，这倒把吴姨看愣了，场面一时尴尬得不知要怎么才好。那个男人大度地笑了起来，他说："孩子年纪小，离不开你，她看我的样子，像是我要抢走你呢。"吴姨只好顺着台阶往下爬，小娥紧紧盯着吴姨。

"你要和他过日子吗？"

吴姨说："傻孩子，你也是要嫁人的啊。"

小娥吸了吸鼻子，提着书包飞也似的跑了。吴姨想要喊住她，却被男人拦下。男人抚了抚吴姨的肩膀。

"小孩子脾气，让她去。"

吴姨点了点头。

10

在这么一个小小的工厂里，谁也逃不过谁的眼睛。小娥回到学校后没过多久，吴姨要再嫁的消息就已经被传得沸沸扬扬。当初的风言风语没能打败小娥，那是因为她觉得自己理解她，她们带着共同的愿景，是彼此的联结与寄托。旁人越是说吴姨的不好，她对吴姨的感恩和情谊就会越多。可是如今，她却要和别人一起生活。

"再嫁"这两个字就像热铁一样，烙在小娥的心头，她的愤恨、震惊、委屈一瞬间涌上心头。她觉得自己的愿望被撕毁了，她不知道撕毁这一切的凶手到底是谁，她满腔的怒火无处可去。

一个爱嚼舌头的男孩，为了逗乐惹起了小娥。

他说："你后妈又要做新娘了，她天天是新娘。"

周围发出零星的笑声。大家都没有觉得这是一种冒犯，再说，冒犯了又能怎么样呢？

她牙关紧咬，拳头紧握。

谁也不知道小娥哪儿来的这么大力气，她忽然掀起椅子朝那个男孩的头砸过去。男孩懵了一下，摔倒在地上。周围的喧闹声更大了，笑声也更大了。她的手不听使唤似的又再次捡起了椅子。她想起了父亲，想起了父亲溃烂的身体，她血脉贲张，全身都在颤抖。

周围的嘈杂声渐渐平息，陆陆续续有人跑出教室。椅子底下的男生头上全都是血。她不知道自己砸了多久，周围死一般地寂静，她这才跌跌撞撞地离开。她一路跑回了家。那个男人已经走了，吴姨在浴室里洗澡，裸着身子，端坐在浴缸里，抹着香皂，哼着歌。小娥就站在她面前，满身满脸都是血。

小娥说："吴姨，我杀人了。"

吴姨愣愣地盯着她。

小娥又说了一遍："吴姨，我杀人了。"

11

警车把小娥带走的时候，吴姨还是不敢相信这是真的。她抱着小娥，试图安抚小娥颤抖的身体，就好像她第一次见到小娥时那样，想要把她从粗暴中拯救出来，把她带到自己身边。可是这一回她救不了她了。厂里的老老少少倾巢而出，布满血的担架被抬到她的面前，吴姨的眼泪不停流，小娥的眼泪也在流。所有光明的前景一下子暗淡下来。她甚至有些恨她，恨她为什么要去杀人。后来她听别人说是因为那个孩子先骂的她，她又转而把恨投到小娥爸爸身上，投到枉死的前夫身上，最后投到自己身上。如果不是自己，她又怎么会招人骂呢？想到这里，她的恨变成了心疼，一揪一揪地拽着她的魂，她一直哭啊哭，不愿意放开小娥的手。小娥见她哭得撕心裂肺，这才被哭声拉回到了现实中。她杀人了，为着一个自己都不明白的原因。她后悔让她这么伤心，她还是爱她的，舍不得她的，否则怎么会哭成这样呢？

警车开动的那一刻吴姨摔倒在地上，小娥拍着窗户对她喊道："等我回来。"

这一等就是十二年。

往事。

她将脸从水里浮现出来，端坐在浴缸里。水很暖和，比起在监狱里，这里没有时间的限制，但随之而来的却又是迷茫。她不知道自己该洗多久，洗完澡又该做什么。

就好像这随之而来的不受掌控的漫长人生。

浴室的门开了。

吴姨问她要不要帮她搓背。

她点了点头。

吴姨搬了个小凳子坐在一旁，她趴在浴缸的边沿，背对着吴姨。

吴姨轻轻地搓着，就像十多年前一样。

细细的污垢顺着身体落下来，落到水里，泛起一层浮沫。

吴姨说："我和你吴叔领证了。"

小娥怔了怔。

吴姨说："这么多年，我也算对得起你，别再替你爸爸照顾我了。"

小娥的眼泪顺着眼角流了下来，轻轻抹掉没有让她发现。

这么多年，她终究还是没有懂她。

冬季

1

冬天来了，下了晚自习走在路上，没戴帽子的脑袋被风一吹闷闷地疼。梅兰琢磨着要买一顶新帽子，像团支书头上的那种，粘着英文标签，看上去就和电影里的美国啦啦队长一样。她在商店橱窗里看过几次，选中了一顶蓝灰色的，却不知怎么向家里开口。帽子并不贵，二十块钱一顶，但妈妈会说："帽子是给人保暖的，不是给人看的，家里又不是没有。"

梅兰在脑海中思索着反驳妈妈的话，打了一遍腹稿，却没有一个能站得住脚。多买是浪费，爱漂亮是不学习，总之一定逃不过虚荣、不懂事之类的名号。

若是弟弟要帽子的话，妈妈不会这样吧？

想到这里，梅兰有些沮丧。

幼儿园晚托班十点结束，她还得赶在那个时候把弟弟接回家。为什么别的女孩就不用在这大冬天里来回奔波呢？人和人大概一出生就是不平等的，他们和别人不平等，她和弟弟也不平等。不知道哪一天才能从这不平等里爬出去，想买什么样的帽子就买什么样的帽子。

想到这里，梅兰又有些走神，她做了很多关于未来的假设，直到一阵铃声把她拽回了现实。一辆带着彩轮的自行车从她身后呼啸而来。

糟了！

车上车下的两个人大呼小叫急急避让，可还是撞在了一起。

梅兰跌在地上，脚脖子崴了，蹭在粗糙的水泥路面上，破了一大块皮。

"流血了。"

自行车上的男孩赶紧跳了下来。

梅兰试着站起来，好在没有伤筋动骨，含糊说了句算了，便一瘸一拐地往前走去。男孩跟在后面，问也不是，不问也不是，走也不是，不走也不是，就这么一路跟着她。好不容易走到幼儿园，整个园里就只剩下弟弟一个人了。他扑上来说要向妈妈告状，梅兰威胁他要是乱说话就撕烂他的嘴。俩人吵了半天才消停下来。身后的男生这才抓住了说话的机会，迎上前去。

"你没事儿吧？"

梅兰很惊讶这家伙居然一直在跟着自己，一时不知该怎么回答。

路边的光线亮了起来，两个人面对面站着。男孩长得挺好看，灯光下鼻梁在侧脸打出深深的阴影。梅兰忽然感到一股窘迫，好像自己灰头土脸的配不上这一场邂逅。她低下头，习惯性地皱了皱眉，不知该怎么反应，干脆就牵着弟弟走了。

男孩想要再追一段，终究还是没有追上来。

梅兰听见他在叫她，想停一停，终究也还是没有停下。

2

梅兰牵着弟弟紧赶慢赶，仍然晚妈妈一步到家，一打开房门，唠唠叨叨的抱怨声就从门里传来。

"和你说晚托班是按小时收费的，晚十五分钟就按一个小时算，你怎么就不能让我省点心？提前半个小时下晚自习会考不上大学吗？"

梅兰撇了撇嘴，回到房间关上了房门。

妈妈不依不饶又打开房门，无非是说些天冷了弟弟冻感冒了之类的云云。梅兰敷衍了几句，表示下次会注意，这才得以重新关上房门。

床单蹭到了脚踝还有一点疼，她胡乱从抽屉里翻出创可贴，贴了一块，重新倒回床上。

低矮的天花板上墙皮打着卷，加盖的铁皮屋顶冬冷夏热，一到下雨天，噼噼啪啪的落雨声就吵得人神经衰弱。不知道这世上有多少女孩的生活和她一样。

她漫无边际地想着，想那顶好看的毛线帽，想什么时候能过上另一种生活，想灯光下那个男孩的脸……她在这些思绪中迷迷糊糊地睡着了，第二天清晨被闹钟叫醒。

六点半，她披上校服，往嘴里塞了一个水煎包，匆匆忙忙下楼。

男孩手里拿着创可贴和云南白药，他不知怎么找到了她的住处。

他站在门口喊住了她。

"给你的。"

她接过云南白药和创可贴。

人来人往的街边，红着脸飞也似的跑了。

上了公交，转了地铁，一路跑到教室，心还怦怦怦地跳，团支书戴着新帽子出现在了她面前，

"梅兰？"

"嗯？"

"刚才路过你家，看见你和那个男生在说话，你认识他？"

梅兰点点头又摇摇头。

怎么定义认识这个词呢？

是她知道他，还是彼此知道？

如果是前者，那么那个男孩梅兰的确认识，他叫陈默，是隔

壁高中的学生，也是市里的篮球队队长。

如果是后者，她不确定，他会认识她吗？

想到这里，一颗心竟奇奇怪怪地跳了一下。

3

梅兰没有去吃午饭，她计划省下三元伙食费，这样连省一周就能买下心仪的帽子。

离高考还有一百天，紧张与枯燥的氛围放大了物质欲望，她打定主意高考结束后去北京念大学，又担心自己蹩脚的打扮与不入时的衣着会让自己在那样的城市里显得格格不入。每天复习完功课，她都要翻一翻从图书室借来的时尚杂志，圈下想要的单品，以同样的方式攒着钱。

离开这个地方去过另一种生活是她的心愿，但妈妈却一直唉声叹气。若她考不上大学，到时候找个工作，还能早点赚钱，早点养家，若考上了，一大笔开销不知上哪儿去弄。

穷人的眼前只有苟且，看不见诗和远方，但这却更激发了她的斗志。

她趴在书桌上，一边计算着小球从圆弧落下的速度，一边有一茬没一茬地想着，直到窗外传来敲击玻璃的声音。

她抬起头。

又是陈默。

她低下眉眼不去看他，两个人一时尴尬在那儿。

自卑和惶惑会让人在异性面前手足无措，不近人情。

她不肯抬头，陈默也没有走，直愣愣地忤在那里，还是吃完午饭回来的团支书看见，给他开了门。

他也不恼，看了团支书一眼，走到梅兰处，递上一张电影票，上面写着《铁达尼号》。

"周末看电影，就当给你赔礼道歉。"

梅兰接过电影票，脸上滚烫滚烫的，说不出一个"不"字。

陈默走后，团支书饶有兴趣地问梅兰，他是不是在追她。

梅兰没有听出这话里的调侃，只是羞涩地辩解两个人因为车祸萍水相逢。

团支书问："是真的吗？"

她点点头，心里却泛起了涟漪。

萍水相逢为什么要请自己看电影，又为什么选那样的爱情电影呢？

她假装平静，心里却雀跃得什么书也看不进去，满脑子都是和陈默这个即将到来的约会。

他会喜欢上她吗？

是要向她表白吗？

仅仅因为那一面？

她茫然而又期待着。

灰姑娘有水晶鞋与南瓜车，梅兰觉得自己也得有一样什么东西才能让自己有勇气站在这个近乎完美的男孩面前。她很快连晚饭也不去吃了，饿得头昏眼花，终于在周六下晚自习之前拿着攒下的钱跑到商店里买下了帽子。她戴着帽子站在镜子前，平庸的五官好像一下子变得生动起来，平庸的个性也一下子变得张扬起来。

她小心翼翼把帽子藏进书包里，小心翼翼回到家。她没有像往常一样回房间复习功课，而是帮妈妈扫了地板，清理了厨房，还把桶里的衣服用手洗干净了。一向调皮捣蛋的弟弟被她哄得服服帖帖，她甚至还在这空隙当中从乏味的衣橱里挑选了一套不那么乏味的衣服。

她把所有能做的事情都做完，以免被周末突如其来的事情打破她的计划，她在镜子前练习着见面要说的话。可谁知道第二天，妈妈居然把弟弟交给了她。

"我周末要加班。"

这一句就把梅兰满腹的说辞给顶了回去。

穷人家的孩子不一定早当家，但一定更擅长咽下欲望。

梅兰努力克制着眼泪。

没有人注意到她穿着好看的衣服，戴着新鲜的帽子，没有人注意到她正在准备人生中的第一次约会。

弟弟跑进梅兰的房间，摸摸这儿，动动那儿，见梅兰不理他，他干脆把她刚做了一半的物理作业撕了个粉碎，嘴里还嚷嚷着什么动感光波。

梅兰的满腹怨气化作了厉声呵斥，可越呵斥他越起劲。梅兰忍不住推了他一把，他跌坐在地上，愣了几秒钟随即尖叫起来。这尖叫声，把分明已经走到楼梯口的妈妈又给叫了回来。

"姐姐打人。"他扑到妈妈身边告状。

妈妈抱起他，抓着他的手。

"我帮你打姐姐，打姐姐。"

虽然只是假装打两下，但梅兰心里却是说不出的滋味。妈妈放下弟弟，粗暴地瞪了梅兰一眼。

"撕你一本作业怎么了？""撕你一本作业就考不上大学了吗？"

梅兰忍着眼泪，妈妈头也不回地走了。

弟弟看了看她，又低下头，仿佛没事人一般蹲坐在地上画起了画。

彩笔是新买的，一盒要四十多块。老师说弟弟对色彩敏感，妈妈二话不说就掏了钱。大概是看出了梅兰的委屈，她一边买一边还念叨："咱们家没钱，你弟弟是个男孩，将来要是有一技之长，还好娶个老婆。不像你，丑姑娘怎么都嫁得出去。"

是的。

这是她的逻辑。

要是怨她重男轻女，她还会说："这个世界不就是这样的吗？你怨我有什么用？你要怨就怨你的命。"

命是什么？

梅兰没体会过，但似乎已经陷入了无法反驳的怪圈，什么都是命，什么都怨不得。

她坐在床边，沉着一张脸，可怕的想法一点一点涌入了脑海里。

陈默打来电话，问她准备好了没有。

她看了看表，鬼使神差地说：

"好了。"

4

《铁达尼号》是部爱情电影，里面有让人羞涩的大尺度镜头，影院门口早早就摆上了十六周岁以下禁止进入的标识。

梅兰好像不知道一样，依旧不紧不慢地牵着弟弟的手上了地铁。

弟弟奶声奶气地问她要去哪儿，她便回答说去影院。弟弟问看什么电影，她说《铁达尼号》。他们先坐了一个小时的地铁，又坐了半个小时的公交，离影院的方向却越来越远。

弟弟觉得冷。

梅兰就帮他把围巾围严实起来。

弟弟觉得饿。

梅兰就在路边给他买了棉花糖。

她表现出少有的和颜悦色，但却不想看他。

就这么越走越偏。

他们一直走到一处荒废的拆迁区才停了下来。

她说一会儿放电影的人就来了，让他等她，她去下厕所。

弟弟舔着棉花糖懵懂地点着头，梅兰绕过厕所走向了公交站台。

不知道是不是每个人的心里都藏着魔鬼，很多年后，梅兰想起这一幕时还是会感叹。

车子驶远的那一刻，仿佛有什么东西从她身上卸了下来。她看着坐在花坛边上的弟弟变成小小的一个点，关于命运的说辞就又在她耳边回荡。

那么，这也算是他的命，怨不得谁吧?

她长长地呼出了一口气，抄了近路回到家里。

离电影开场还有好一会儿，她用夹煤的铁夹子卷了卷头发，扁扁的脑壳不经意地蓬松起来。她又用蜡铅笔在眼睛上瞄了瞄，看起来有了那么一点色彩。

陈默来了，骑着那部撞了她的自行车，在冬日的阳光下，好看得就像漫画里的人。她微笑着坐上了他的自行车，轻轻地扶着他的腰，小心翼翼地隔出一点点空间，却又在忽然刹车的时候碰了上去，一切都和预想中的一样。但快乐只持续了很短的一段时间，梅兰不知怎么心里莫名地长出了一种荒芜，这荒芜感使她好像要花很大的工夫集中注意力才能体会到自己在做什么。有那么一瞬间她看见了弟弟，弟弟就在某个不远的地方喊她，她感到灵魂飘了起来，飘到很高的高空，试图偷偷溜走。可最终她的灵魂又落了回去，电影院到了，陈默停下脚踏车，从座位上下来，对他微微笑了笑。

"要吃爆米花吗？"

扑鼻的奶香味把她拽回了现实，她点了点头，两人便一起走到爆米花摊前。

玻璃箱里只剩下一份爆米花，梅兰客气地把它让给了一个和弟弟一般大小的孩子。

小孩说了句谢谢姐姐。

梅兰不动声色地说了句不用谢。

看起来她就像个好心眼的女孩，可真的是这样吗？

她不知道。

两人空着手进了电影院，音乐响起，电影上映。邻座的情侣随着剧情的发展抽抽噎噎，梅兰一点也没有看进去，她心里有一些乱。她打算电影结束后对陈默表白，告诉他，她喜欢他，喜欢到丢了自己的弟弟。但她不后悔，她要去南方，听说那里的冬天也有成片的绿树，走在大街上也不需要手套和毛线帽。她可以在那里打工，用攒下的钱买书复习参加高考，上大学，她不用依靠任何人。

她想了很多，在十八岁能预见的人生里把剩下的人生都想完了。

就这么挨到电影结束，她深吸一口气，准备好的话一股脑儿就要倒出。但是，陈默却从口袋里掏出了一封信。他没有看她。

梅兰低着头咕咕哝哝的神态就像是个不谙世事的小女孩。

"原本是要请她来看电影的,可是她不肯来,给她打电话她也不接,谁知道刚好在校门口撞上了你,看你的校服和她一样,我就跟着你……"

信的封口上是团支书的名字,梅兰很努力地去听,但他后面说了什么她一句也没有听进去。她假装明白他的意思,努力保持面部表情点着头,好像已经料到一切,但心底的那种荒芜感却更加强烈了,灵魂空空荡荡地飘在影院上空,怎么也回不到身体里。

她握着那封信,答应交给她,或许还说了些好听的宽慰人的话,她记不清了。两个人肩并肩走出影院,在影院门口,梅兰说自己要再等一个人,让他先走。他走远了,她才一屁股坐在爆米花摊前。新的爆米花出炉,又是一阵浓烈的奶香味。她买了一袋,吃了好一会儿才缓过神来,觉得自己有一些可笑,又有一些可悲。

凉风吹过,人一下子清醒了,她慢慢起身,走到公交站台,坐上了开往拆迁区的公交车。

北方的冬天黑得很快。

车抵达拆迁区的时候,太阳已经完全落山了。

花坛边上没有人,前前后后找了好几圈,在女厕所里找到了弟弟。

小小的人儿靠在墙边睡着了,眼泪挂在脸上,被风吹得有了裂痕。

梅兰叫了他一声,他睁开眼,哇的一声哭了,一边哭,一边扑到梅兰身上。

梅兰抱起他，擦掉了他的眼泪，又把自己头上的毛线帽罩在了他的头上。

两个人坐上了回家的公交车，弟弟时不时看着梅兰的脸色。梅兰没有说话，望着窗外。

车开到一半下起了雪。

梅兰紧了紧衣服，轻轻地叹了一口气。

回到家中，妈妈做好了饭菜，好像已经知道了什么似的，破天荒地没有问她去了哪里，也没有骂她晚归。一家三口就这样坐在饭桌前，听着雪花落在铁皮屋顶上，发出闷闷的响声。

她看着窗外，突然想起，她的生日快到了，十九岁，冬天就过去了。

我们结婚吧

1

踩在厚厚的地毯上，偌大的卧床和洗手间只有一墙之隔。玻璃是半透明的，玄关处摆着避孕套和情趣喷雾。原本说好的两间大床房变成了标间，标间又变成了行政套房。晓芸有些迟疑，再看吴雷，站在一边，一副不耐烦的样子。

两人待在一起并没有什么独处的时间可供安排，出了这样的问题倒显得是他在有意设计。晓芸明白他的委屈，迎上他的目光想告诉他她没有怪他，可他却不领情地走开了。

"要是不放心，就和阿勇芳芳他们换房。我没意见。"吴雷提议。

晓芸把头轻轻地倚在吴雷肩上温柔地说："不用，我相信你"。

她不是真的相信，可嘴里不得不这样讲。因为她了解他，若欣欣然去换房间，那么接下来的几天里，他就会一副冷冰冰的样子要与她划清界限，心里积着怨气发不出来就会变成百般挑剔，最后只好借着别的事由与她大吵一架，翻旧账般提及这件事，满腹牢骚地表示朋友们都笑话他那方面有问题，或者觉得她不爱他。她赌咒发誓，又是哄，又是掉眼泪，使出浑身解数才能把这一篇章翻过去。

男人和女人在口是心非这方面或许没有太多区别，只不过男人掌握了评价的话语权。当然，晓芸对此并不关心，她乐于按照规定好的形象去生活。至于为什么不上床，那更是不消说的理由，人人都在讲性解放，到头来还不是喜欢处女？

她和芳芳抱怨，但芳芳质疑，为什么要人家来喜欢你，为什么不是你去喜欢人家呢？性是一件多美妙的事情，倒让你搞得像买卖……

谈话至此便陷入了僵局。

从道理上，她是说不过她的，实践上，他们又各有各的态度。芳芳换过几个男朋友，没听说哪个男友计较过这方面，但谁知道呢？说不定之所以分手就是因为这个。她有时候觉得芳芳比自己活得更自在快乐，觉察到这一点让她难过，于是她就问吴雷：

"你那么想要我，那我变成芳芳那样可好？"

吴雷刮一刮她的鼻子，道："那样的女人不适合做老婆。"

至于为什么不适合做老婆，就是一个复杂的话题了，这不是晓芸这样的女孩子会去深究的。但对于这个评价她很满意，这意味着他肯定了她的身份，也意味着芳芳永远不可能成为她的竞争对手。她有时会故意引芳芳说些吴雷不愿意听的话，然后听吴雷对她的评价，真情或假意地站在芳芳的角度辩驳几句，仿佛这能抵消一些她的不自在与不快乐。但更多时候，她意识不到这一点，只是在这种对比中坚定着自己的信念。而吴雷自食苦果，恋爱两年仍旧不敢要求床第之欢，偶尔兴致上来还没开口就被芳芳堵了回去。

"你不是不喜欢那样的女孩吗？你真的保证会娶我吗？"

世界上有什么东西真的能保证呢？两个人都还年轻，心思也都还活络。既然吴雷要求芳芳冰清玉洁，自己也只好强做正人君子，在彼此筑起的道德里越走越远。

然而这一次却有了些许不同。

客房处处透着暧昧的气息，带按摩的浴缸是情侣专用款，偌大的卧床挂着白色纱幔，人在里面举手投足都更添了性感。最重要的是，两家家人已经见过面了，娶不娶虽然不至于板上钉钉，但多少也算有了眉目。

吴雷从没有兴趣到克制着兴趣，又从克制着兴趣到蠢蠢欲动。

终于，夜半时分，他忍不住把手伸到了卧床的另一边，柔弱无骨的身体横亘在眼前，那心头的火就烧得更热了。

"不行，我们还没有……"

她急急地要推开他。

他便用嘴堵上了她的嘴。

一个人顾及另一个人不外乎在意自己的形象，或者无法承担后果，而此刻他清醒地知道最坏的后果也不过是哭哭啼啼，事到如今谁还管什么形象，哄一哄便也就过去了，这么想着更是不管不顾。可谁知道她被逼得急了，竟然抓起一旁的电话拨通了芳芳和阿勇的房间号。

"快来，你们快来！"

嘈杂的声音吓坏了两人，不一会儿敲门声就响了起来。

不知道出了什么事，二人不免刨根究底。问得急了，晓芸怕吴雷觉得脸上无光，就随意编了个斗嘴的理由，芳芳安慰了几句，又忍不住打趣。

"春宵一刻值千金，这么好的房间给他们就是浪费。"可这趣却打到了吴雷的心坎上。

两人走后，他搬到沙发上去睡，顾不得恼火内疚，胡乱哄了她几句。

待精疲力竭的晓芸睡着，他索性开门出去了。

民俗酒吧通宵营业，文艺青年们从全国各地汇聚在此，几杯酒下肚，打一打非洲鼓，唱几句民谣，放纵地扭一扭身躯，便可以要来房间的钥匙。吴雷不擅长这个，但也不是第一次这样做。他混进了人群里，随着音乐轻轻摆动，不知是走了什么运，很快就有女孩跳到了他身边，看穿着不是那种很传统的女孩。两个人你蹭我，我蹭你，越蹭越近，吴雷就和她去了楼上的钟点房。火急火燎脱下衣服，触碰，亲吻，欲望从心底弥漫开来，可还来不及缠绵到根本，门就被"砰"的一声撞开，咔嚓咔嚓的声音响起，照片被拍了个正着。

5500，一手交钱一手放人。

仙人跳。

这样的老套路，吴雷没想到自己会上当，可为了避免节外生枝，还是懊恼地去取了钱。

什么欲望都没有了，揣着不堪的照片，等回到酒店时天已经大亮。

晓芸梳洗完毕坐在沙发上问他去了哪里，他说睡不着下楼吃早餐，晓芸让他快一点换衣服，准备去景点。他谎称肚子疼，说想待在酒店睡觉。晓芸犹豫了一下，终于还是什么也没说，替他从前台要了一些肠胃药，匆匆出了门。

他撒了谎。

凌晨三点醒来他就不在，哪有一顿早餐要吃六个小时的？但她没有追问，他诚心想骗人也问不出什么。再者，朋友间结伴游玩，真要问出个所以然来，两个人的脸又往哪里放？晓芸顾全着他，也顾全着自己，忍了气，吞了声，独自一人出了房间。

阿勇和芳芳没看见吴雷，问晓芸吴雷怎么没来，晓芸说他病了。两人会心地笑了起来，说是床头吵架床尾和，昨晚累着了吴雷。晓芸没吭声也跟着笑了笑，心里却更加委屈。

吴雷能明白她护着他的那点心思吗？恐怕只会记得她小气。想到这里又不免叹了口气，好在阿勇和芳芳没有注意到，只是一个劲地讨论酒店的床太小，浴缸施展不开。晓芸望着两人，说不出是羡慕还是嫉妒。

他们无话不谈，从家长里短到隐秘欲望，她不止一次听他们当着彼此的面讨论曾经的男朋友、女朋友，讨论那些感动的、甜蜜的和伤感的时刻。她好奇地问阿勇："你不嫉妒吗？"阿勇反问："嫉妒什么？"嫉妒芳芳有那些过去。阿勇耸耸肩："谁没有呢？"

晓芸把这话告诉吴雷，吴雷却信誓旦旦地表示，芳芳那样的女孩，不过就是阿勇寂寞找的伴，当不了真，自然不会嫉妒。晓芸若是质疑，吴雷便会在她额前吻一下。

就算阿勇对芳芳是真爱又怎么样？

这世界上大多数男人还是希望你没有过去，不论是身体上的，还是心灵上的，想到这里，她便又释然起来。她不像芳芳，她是循规蹈矩的女孩，想在循规蹈矩的路上循规蹈矩地生活。

2

从景区回到酒店已是傍晚，吴雷还在熟睡。他眉头皱着，表情疲惫，晓芸的好奇心又被勾了起来。

这整整一夜，他去了哪里，和谁在一起，又做了些什么？

她拉开窗帘，尚未落山的阳光照进房间。吴雷醒了，睁开眼睛，一看是晓芸，又翻了个身，继续睡觉。晓芸轻轻掀了掀他的被子。

吴雷皱眉："你干什么？"

这么一问，觉察出自己的语气不对，他想起昨晚的事情，又补救般揽了揽她的肩。

"不是和你说了，我不舒服嘛。"

晓芸低下头，不说话，半天吐出一句："你去了哪里？"

吴雷只当自己掩藏得很好，全然没有想到她会这么问。

"什么去了哪里？"

他一时慌乱，只好靠没听清拖延时间，然后又问了一遍。

她特赦般在回答里添入了新的信息。

"我问你昨晚去了哪里，我三点醒来发现你不在，一直到早晨。"

沉默。

两个人的呼吸声清晰可辨。

该用什么来打破沉默呢？

吴雷不知道，想来想去也想不出一个合理的回答，只好起身去亲吻晓芸。可晓芸一改往日的配合与应承，嘴唇紧紧闭着，这让吴雷感觉有些挫败。他用了更多的力气想要撬开她，她却拼命将他推开。

"我想知道你昨天晚上去了哪里？"

拒绝和严肃的样子让吴雷本能地大声嚷嚷起来。

"能去哪里？去喝酒了。"

"喝到天亮？"

"不可以吗？"

许是急中生智，吴雷越说越有板有眼，越说越像那么一回事儿，说到后面连愤怒都变得认真起来。

仿佛他真的是一个为了克制欲望而到酒吧买醉的男人。

晓芸有些内疚，可是又不肯完全相信。

谁会在酒吧里喝上一夜的酒呢？

他怕再说露馅，只好佯装生气地摔门离开。

或许是假戏真做，真假难辨，走在路上，吴雷的愤怒倒越发认真起来。他想到晓芸理智地对他小心保留，心存退路，想到要不是她，他又怎么会沦落到夜半外出被人敲诈的地步。

虽然在理性上，他明白，他不能要求一个人既忠于保护自己的身体又忠于某个男人，可骨子里还是期待她在遇见他之前忠于身体，在遇见他之后，忠于他。至于两个人能不能成夫妻那是后话，那么多女人不都是这样过来的？当然，这话不能说出来，说出来就会显得自私。联想起那个荒唐的仙人跳，吴雷不知不觉又走进了酒吧。挫败感萦绕在心头，寻欢的想法没了，只想在这里真的买一场醉，他独自坐到角落，要了一瓶黑牌。

一杯又一杯，看着喧嚣世界里各色各样的男女和缠绵。

姑娘们千奇百样，真的只有她一个这样的吗？

如果没有近期结婚的打算，像这般四处寻觅着野食要到什么时候？

分手的念想竟然就这样一点一点地涌上心头。

他为自己倒满一整杯，仰脖咕噜咕噜地喝了下去。

他好像也没有多么爱她！

3

晓芸在房间里等着吴雷，左等右等不见人来，电话一个一个拨出去又一个一个被挂断。她越等心里就越乱，越乱就越不确定这件事做错的人到底是谁。万一昨晚，他真的是为了她在酒吧喝了一夜的闷酒呢？这么一想，她不免慌张起来，急急忙忙出了酒店，要去街上找他。

茶馆、咖啡厅、小酒吧，一整条风情街从头走到尾。她凭着运气，一间一间地找，一边找一边打电话，电话不通，却收到了一条短信。是吴雷，还是那老套的话，觉得她的有所保留是不信任，是不爱。只不过这一次要比从前更严重。

他说："别再找我了，既然我无法让你信任，那不如我们分手吧。"

怎么也没有料到因为这件事他会说出这样的话。晓芸的心整个沉了下去。

晓芸23岁就跟了他，今年她26岁，在大城市，或许还是个很小的年纪，可是在小城市，二十出头的姑娘一抓一把，婚姻上已经没有太多拿得出手的优势。吴雷家境不错，父母为人和善，婚房早就准备好了，她要是嫁过去，还给买车。双方父母已经见了面，这个节骨眼他要离开，她该怎么办呢？在一起三年，别人会信她什么也没有给过他？

　　想到这里，她整个人全然没了主意，跌跌撞撞地开始往回走，开始怀疑自己的决定和选择。

　　如果他看重这个，那么赌一把有何不可，她到底在害怕什么，担心什么？她觉得自己好像陷入了一个奇怪的圈子，怎么做都不对。她不明白，如果像芳芳那样的女孩是坏女孩，不会有好的结果，那为什么像她这样的好女孩也会左右为难？

　　下了车，回到房间，她躺在床上望着天花板发呆。又拨了一遍吴雷的电话，仍然是无人接听。她闭着眼睛，想来想去觉得伤感，伤感自己尽心尽力地去符合所有人的期待，可还是换来了这样的结果。她哭了，气愤、不甘一连串地涌了上来，哭了好一会儿，然后来到浴室洗脸。她端详着镜子中的自己，红红的眼睛晕了一点眼妆，泼了水，但比平时更好看。可这好看要给谁看呢？她干脆打开淋浴，仔仔细细地清洗自己，就像在清洗着一件礼物。说真的，她还没让他实实在在地碰过，总是担心有了第一步就会有第二步。三年来严防死守，只有一回，差点儿被他得逞了。

　　那是在他家看剧的时候，他忽然就攀附了过来，用力地要掀开她的衣服。她喊也不是，不喊也不是，推也推不开，撵又撵不走。那一双手上上下下地捏着，还要往里探索，她只好下了狠心，在他手臂上咬了一口。他"嗷呜"叫了一声，放开了她，然后她就急急忙忙夺门跑了。

　　那会儿她23岁，他24岁，刚认识半年，原以为恋情会到此结束，怎料第二天他捧着花来向她道歉，说他错了，她是个好女孩。

两个人确实甜蜜了一阵子。他维持着正人君子的样子，看电影，吃饭，一段一段地压马路，所作所为不过牵牵手，拥拥抱，接接吻。但后来，他忍不住了，不知怎么满脑子想着的就是她——她的身体，她的胸，她的嘴，她的腰。她只好躲着他，他靠近一步，她就退后一步，他提一回，她就堵一回。再再后来，两个人又达成了新的平衡，他不再提，她也不再多说。但他自觉吃了亏，相处中态度变得粗暴起来，处处耍着小性子。而她也好像欠了他一般，每每都忍让着。原以为这平衡能一直维持到修成正果，可谁知道是这样……

他从来没有失踪过这么久，从来没有拒接过她的电话……难道分手是认真的吗？

她关上淋浴头，换上衣服，按捺不住，还是决定要为自己争取一下。她甚至想到了吴雷的妈妈，她拿着手机，想要让阿姨评评理，帮她和吴雷说一说。她不确定这会不会更加惹怒他，但是再气也不过是分手，还能坏到哪里去？她拨了号码，摁到一半时，门铃响了起来。

是吴雷吗？

不是。

打开门，门外站着芳芳，问她要不要吃夜宵。

她摇摇头，哭过的一张脸，很明显就被她看了出来。

芳芳问她怎么了。

她说没什么。

芳芳挤进房间，两个人盘腿坐在床上，就像小时候一样。

她不说，她也就不问。

沉默地陪着她。

沉默了好一会儿。

她拗不过，心里的焦虑却呼之欲出，终于开口。

芳芳愣了好半天才反应过来晓芸在说什么。

晓芸不敢告诉芳芳两个人是因为这件事情吵架，因为这件事情哭泣，她知道，如果说了，她必定会劝她分手。

"女人的身体是属于自己的，吴雷满脑子封建玩意儿。"除此之外，她还要讲性压迫，讲社会对女性的规训，结结实实要给她上一课。对，她说得都有道理，可入不了她的生活。她不像她，生活在大城市。

"别说那些，我今天晚上想和他试试，但是害怕！"

她及时制止了她，芳芳这才忽略掉重重疑点，拿出过来人的样子，和她讲了闺房里的私话。并没有得到更多有用的信息，两人谈了整整一个小时，阿勇叫了她几次，芳芳才走。

芳芳走后，晓芸独自坐在房间里等待，时间变得无比漫长，没有时钟，可嘀嘀嗒嗒却在脑海里作响。她反反复复变着主意，最后还是把心一横。年纪不小了，这几年他待她还算不错，家里条件不坏，小城市里也说得上数一数二，她还能找到更好的吗？如果身体是一种筹码，那么与其用来离开他，不如用来留下他。

她下定了决心，就只剩下履行了。

赌输赌赢看命吧。

她刮掉腿上的汗毛，又仔仔细细在脸上扑了一点粉，怕腋下有味道，还又喷了一些香水。等到吴雷回来的时候已经是后半夜，晓芸并没有睡意，她颤抖但却主动地攀上了他。

吴雷一时没有明白过来，略有些厌烦。

"你这样我会忍不住。"

晓芸却告诉他："你不用忍住。"

她将手指轻轻地放在他的嘴唇上。

他的心里一紧，分手的念头就被抛置于脑后。

晓芸后来回忆起那一幕，觉得茫然失措。当欢爱的动力不是出于欲望，而是出于度思量行时，它就变成了一场献祭，一场贿赂。当然，吴雷捕捉不到晓芸这细腻的心思，他对这场欢爱的解释在于，她被他的疏离收服了，宁愿放弃身体，忠实于他。

那晚他们一共来了三次，一直到天亮两个人才在床上精疲力竭地睡去。芳芳和阿勇体贴地没有来找过他们，他们就这样一直睡到下午，睡到晚班的服务员推着清洁车从走廊上骨碌走过。两个人都饥肠辘辘，商量着要吃点什么。晓芸率先爬下床，没有找到自己的衣服，便用吴雷的外套遮住身体。吴雷将外套一把拽下，想着再来一次，可还来不及欣赏，衣服里的照片就掉了出来。

"这是什么？"

晓芸好奇地去捡，吴雷慌张地要去抢。一对半赤裸的男女出现在照片上，男人是吴雷，女人用手挡着脸，表现出抗拒的样子，说不清到底是什么人。照片下的日期是 2018 年 2 月 3 日，那正是他说喝了一夜酒的那天晚上。晓芸看着这张照片，只觉得心被什么东西闷闷地敲了一下。为什么它偏偏在这时候出现呢？就像你花了很大的代价，可得到的却似乎并不如意。

她对忠贞的要求没有到眼里容不得沙子的程度，可还是无法接受眼前看到的。原来以为他只是大男子主义一点，却没想到他还有这样的香艳背叛，背叛得这么理直气壮，背叛到毫无愧疚，甚至以分手来要挟她。

近乎下作。

晓芸要离开现场冷静一下，吴雷却抓住了她的手不让她走。他说那只是一个误会，他被骗了，被陷害了。晓芸不知道该回答什么，他便用手去压制着她的手，用嘴去压制着她的嘴。

性从来不仅仅是和爱有关的事，它还囊括了征服、欲望、交易。而此刻他想要征服她，让她把这荒唐烟消云散，而晓芸却激烈地抗拒着。那种抗拒简直从未有过，吴雷一时判断不出该更猛烈地继续还是该停下。就在这犹豫的刹那，晓芸像几年前那样，朝着他的手臂上狠狠地咬了一口。他吃了疼，冷静下来，放开了她。而她倒真像是被他糟蹋了一般，跌跌撞撞地跑出了房门。

倘若昨晚定力好些，回来就和她说分手，那么现在，难堪的人就不会是他了吧。

他躺在床上，望着空荡荡的房间懊恼着。

4

晓芸进了电梯，又出了酒店。她没有哭，只是觉得心里少了点什么，身上失去了什么，空空的，像飘在空中，特别没有意思。

好像打错了算盘，一招出错满盘皆输了。好像人生已经成了定局。她有点不甘，又有点愤恨。那感觉太过复杂，连她自己也说不清。她对好女孩的身份一时间厌恶起来，仿佛一切都是这个身份的错。她没有花太多时间说服自己，径直就走进了酒吧。

空气中夹着烟草和浑浊，说不上喜欢，也谈不上讨厌，她坐到吧台前要了一杯酒。不知道酒的牌子，服务生就为她调了杯鸡尾，红色、黄色、蓝色、绿色、橙色，在一个小小的圆柱形杯子里，最上面一层是透明的，可以点起火来。

她急急地喝下去后又要了一杯，喝第三杯的时候，有一个男生走了过来。

独身一人的女性在这种地方大概是不会缺乏艳遇的。

她后来想，或许这就是走进这里最初的目的。她吃了亏，下意识便要毁掉自己好把亏弥补回来。

男人拦下了她，说，让它再烧一会儿。她问为什么。他答，不容易喝醉。

她说："你怎么知道我不想喝醉？"

他笑了笑，问她愿不愿意出去吃一点夜宵，他知道一个不错的地方。

她耸了耸肩。

酒精容易让人放纵，也可能是她本来面目如此，她没有拒绝他，即使知道接下来会发生什么。

这大概是她人生中第一次最接近另一种可能的时候。

两个人一起去了一家靠近河边的小馆，一壶黄酒，几碟小菜，馆子里不时有客人的吵闹声。

他问她："你刚才在心烦什么呢？"

她答："和你一样。"

他说："我什么时候心烦了？"

她说："你不心烦，为什么一个人在酒吧？"

他笑着说，喝酒不一定是为了不开心，也可以是为了开心或者寻找开心。生命有限，还是不要烦恼的好。

她不说话。

他沉默了一会儿眯着眼睛讲，世上除了生、死、穷，多半烦恼都是庸人自扰。

不知是不是这话打动了她，相由心生或许是真的，那些潇洒的人看起来就让人感到快乐。她的眼睛焦灼地克制着，他似乎也注意到，退后了一点点，随即试探性地靠近她。她没有拒绝，自然而然地迎了上去。两个人就在喧闹的小馆里接了吻，吻里有食物的味道，有黄酒的味道，有烟熏肉、有青豆，有烟火。

他说："你真好看。"

她说谢谢。

两个人一起回了酒店。

吴雷打来电话，被她直接摁掉。电话再响，她索性就关了机。

他问她是不是有事，她说没有。

她在跨进酒店的那一刻还有些许犹豫，可这电话却让她连那点犹豫也抛却了，好似报复性的。

又过了一会儿，好奇掩盖了彼此的忐忑和生涩，两人聊起天来。她猜测着他的年龄，他的过往，他的人生种种。他也猜测她的。有那么一会儿，她甚至忘了苦恼，投入到这样的游戏中，她觉得自己猜得八九不离十。他必定是个商人，离过一次婚，没有孩子，但很快她又否定了自己的想法，想着他应该是个都市白领。

两个人有一波没一波地聊着。

她构建着他的人生，他也在构建着她的，就那么自然而然交织在一起，热烈地相拥而眠。第二天清晨，他看着她，问她信不信一见钟情，她摇摇头又点点头，

他说："不如做我的女朋友？"

许是性情上的胡言乱语，但那一刻彼此都相信了这份认真。

据说，人在要死的时候很少会后悔那些做过的事情，只会后悔那些没有做过的事。

她差点就要答应他了，可是他是做什么的，他生活在哪座城市，经历着怎么样的人生？

他在她额前吻了一下，说："我们现在就开始彼此了解吧。"

她欣然点头。

他告诉她，他 35 岁，在一线城市工作，没有房子，薪水尚可，失意之下离了职，不想要孩子。

她告诉他，她 26 岁，在一座四五线的小城，和父母同住方便照顾，想要生三个孩子，两个男孩，一个女孩。

彼此听罢都笑了笑，笑容里有一丝失望。心知肚明，大概是要就此错过。

若有一方再努力一点，再热情一点，或许事情还有转机，但偏偏谁也没有这样去做。

两人不再谈论这些，到了晚上又去同一家酒馆吃饭。

夜幕降临，她说："我要回去了。"

他没有挽留。

打开手机，吴雷给她打了一百多个电话，芳芳和阿勇也找了她一整天。大家都追着问她去了哪里，她说去散心了。芳芳问："散什么心？"她把眼睛看向吴雷，吴雷说："让我和晓芸单独谈谈吧。"

两个人便知趣地离开了。

房门关上后，吴雷沉默了好一会儿，他没有怀疑她去了哪里，只问她怎么想的。

她摇摇头，眼睛盯着地板，心想，他在做什么？

吴雷说那天的事情不像她想的那样。

她想，他的眉眼真好看。

吴雷说："是她主动引诱我的，那是个圈套。"

她想，他不生孩子真是太可惜了，他那柔软美好的嘴唇应该要继承下去。

吴雷站起身来来回踱步，终于脱口而出："如果你实在受不了，我们就……"

分手两个字还没有说出口，晓芸接过了他的话。

"结婚吧。"

她的眼睛看着床单上那一点点殷红色的血迹，仿佛在提醒着他什么，他顺着她的眼睛看了过去。

她的眼泪就要流了出来，她怕他再不答应，她就要走了，奔向另一个她从未想过的人生。

好在，他答应了。

婚礼在一个月后举行，比这座小城市里任何其他婚礼都更加隆重，晓芸也像计划中那样于半年后怀孕了，其间阿勇同芳芳分手，彼此都又找了新的伴侣，可仍旧像从前那样在一起嬉闹。长假的时候他们结伴来看她，给她带了娃娃穿的衣服与纸尿裤。她挺着肚子，望着他们，说不出是羡慕还是别的什么，她不想深究了，深究婚姻，深究人生。

有些人，一生下来就注定是要杀死青春的。

小镇少女

1

祖母正坐在佛像前缝蒲团，她用化来的碎布一针一线拼接。她说这叫作百家蒲团，坐在上面念经，福气自然就会来。她喜欢念经，一得闲便拿着经书到庵里请师父教自己。师父念一句，她背一句，大多数时候并不明白什么意思，但偶尔也会悟出几句，比如，《法华经》里，佛祖说，众生平等。

千禧站在鱼市里想着这句众生平等，她一边想，一边看母亲杀鱼。母亲的刀很快，鱼被从水池里捞出来摁在案板上，不等挣扎便被削去了鳞片，剪开了肠肚。那些鱼大概不知道自己要死了，撑着空空的身体上下跳动，企图重新回到水中。

买的人说："老板娘，这鱼可真新鲜！"

母亲便附和着："可不是，下了锅还能动呢。"

千禧看着那些挣扎的鱼，心想，它们这么努力地要活下去，如果知道自己的肚肠已经空了该会很伤心吧。她小心翼翼地捂着鱼的眼睛，帮母亲把它们装进袋子里，以期不让它们看见自己的惨状。

倘若众生真的是平等的，人又怎么能把鱼吃掉？可见众生还是不平等的，千禧这样想着，回到家便这样对祖母说。祖母也解释不出个所以然，只好又带着千禧的问题去问庵里的师父。师父说，六道轮回，谁都有可能变成鱼，谁又都有可能变成人。

祖母拿这话来回答千禧，千禧琢磨了好一会儿，似乎明白了些道理。

如果把时间延续到前世今生，人人都是鱼，人人都是人，那可不是众生平等吗？

有了这样的觉悟，再看杀鱼的时候，千禧就会想：这案板上躺着的鱼，上辈子是个什么人，做了些什么事，为什么会变成鱼？她开始格外注意观察周围的一草一木、一猫一狗。家门口的白猫是阔太太，邻居家的花狗像个伙夫，母亲是一只麻雀，祖母则是一头沉默寡言的推磨的驴，千禧把这些告诉学校里的伙伴秀梅，秀梅听罢咯咯地笑。

"那你看我是什么？"秀梅问她。

千禧上下端详，左右打量，却怎么也看不出秀梅是什么。

千禧说不知道。

秀梅说："我是乞丐。"

千禧又看了一遍，无法将眼前的秀梅和乞丐联系在一起。

她皮肤太白，人太美。

"我看你变不成乞丐。"

"那我是小猫小狗。"

"你也变不成小猫小狗，你只能做人。"

"六道轮回凭什么只能做人啊？"

千禧被秀梅说得糊涂了，但又很快释然，像她这样的女孩，本来就不需要和她们轮回平等的。

两个人沉默了一会儿，千禧的好奇心也上来了，转而拉着秀梅问："那你说我又像什么？"

秀梅打量着千禧，那时是夏天，她晒得乌黑发亮，一双眼睛圆溜溜的，嘴角还有细小的绒毛。

秀梅笑了起来，说道，像是——黑胡子鱼。

千禧推了秀梅一把，似乎有点生气。秀梅只好道歉说要收回自己刚才的话。

两人嬉闹了一番，把前世今生抛到了脑后，可回到家，站在镜子前的千禧还是忍不住郁闷起来，为什么秀梅说自己像一只黑胡子鱼？为什么自己不愿意做一只黑胡子鱼呢？她不知道自己在怕什么，只好提醒自己有朝一日要是真的变成鱼被捉到案板上，千万别睁开眼睛。

很多年后她才明白，那潜藏在生活里的隐隐恐惧——早已被命运规划，却如此努力地不自知。

人活着需要一点希望，鱼大概也是一样吧。

2

千禧是小镇上土生土长的女孩，去过最远的地方是离小镇二十公里远的小城。

六岁那年，千禧的父亲死了，死在了城里，千禧陪着母亲去接父亲回家。她们坐了半个小时的大巴，半个小时的摩的，还走了很长一段时间的路。

小城对千禧来说充满了新鲜感，路上看见的汽车比她在镇里一年看见的还多。她眼睛顾不过来，耳朵也听不过来，全然没有注意到母亲眉宇间的纠缠。她跟着母亲一路走，走到一栋建筑物楼下，母亲给她买了一只棉花糖，嘱咐她在这儿等她。那会儿她还不明白死亡与离别的意义，对父亲也缺乏本该有的印象。她站在太阳底下吃着棉花糖，看母亲走到半路又折返回来，一把把她抱在了怀里。

她急急地推开她，说："妈，你压扁我的棉花糖啦。"

母亲这才离开。

母亲走后，吃完棉花糖，千禧等得无聊就用小棍子逗弄着草地旁正在搬家的蚂蚁。

她看了一会儿小区里的小孩子放风筝，一直看到太阳落山。

有人问她："小朋友，你在等什么人？"她想起母亲从前交代过自己不要答陌生人的话，就紧守着一张嘴。

仿佛有一双眼睛在暗中观察着她，看她有没有乖，有没有按母亲的吩咐去做，如果她乖了，母亲才会出现。

就这样一直到天完全黑下来，她一问三不答，任谁要领走也不肯，路人只好报了警，警察这才把千禧带回了警察局。

家里没有装电话，千禧也说不上母亲的大名和家里的地址。局里的阿姨给千禧买了酸奶和蛋糕，将千禧暂时安顿下来。千禧喝着酸奶朦朦胧胧睡着了，她做了一个梦，梦见母亲坐在船沿边，在海面上越漂越远，越漂越远。不管千禧怎么喊，她都听不见她的声音，也看不见她的样子。千禧追着海浪跑，跑着跑着，变成了一条鱼。鱼跃入水中，周身滑腻地在水里翻腾，一张渔网撒下来，她被困住了，一转身就来到了案板上，一把刀高高地举了起来。她尖叫着醒了过来，用手一摸，床单湿了。

阿姨说六岁的千禧被吓着了才会尿床。她去商场帮千禧买了新的裤子。裤子是纯棉的，上面印着迪士尼里的唐老鸭。她帮千禧换了新的裤子，千禧趴在她身上，闻到她的头发上有好闻的香味。

第二天，母亲还是没有来，那个阿姨就带她去街上吃了麦当劳。

没有想象中的四菜一汤、八碗八碟，阿姨帮千禧点了一份奶昔、汉堡和炸鸡。这是千禧第一次吃外国人的东西，不知是因为新奇还是什么别的，千禧觉得自己从来没有吃过这么好吃的东西，她吃完又要了一份，直吃到肚子已经圆滚滚才停下来。

阿姨问："如果你妈妈不来，我就做你妈妈好不好。"

千禧望着阿姨的眸子，说："好。"

阿姨摸了摸千禧的脑袋，带着热切的感激，两个人好像心照不宣似的不再说话了，然后又回到了警局。

第三天母亲没有来，第四天母亲还是没有来。

千禧听他们讨论着收养的事情，心里有了一些期待，她隐隐约约觉察到，这会让自己变成另外一个千禧，一个和小镇里的千禧完全不同的千禧，一个会吃麦当劳的千禧。她开始观察起警察局的阿姨，她觉得让她做自己的妈妈并不坏，因为她身上的味道很好闻，声音也很温柔。她在心里小声试着喊了一句妈妈，也并没有多么难为情，多么不习惯。她和她更亲近了，大家都说她们有缘分。第五天早上，阿姨就把千禧带回了家。

那是一个很漂亮的房子，有一扇落地窗，太阳透过窗户照得满房间都是阳光。落地窗边上是一台钢琴，把手摁下去，"叮叮咚咚"响起清脆的声音。阿姨问："你喜欢吗？"

千禧说："喜欢。"

阿姨说："我教你弹好不好？"

千禧说："好。"

阿姨便握着千禧的手教她弹"Do Re Mi"，千禧学得很快，不到半天的工夫就学会了一首简单的曲子。

千禧弹了一遍又一遍，觉得自己像是在过着电视上的生活。

这是她学会的第一首曲子，也是最后一首。

第六天早晨，母亲来了。

阿姨指责母亲遗弃了千禧，不愿意把千禧还给她。母亲却说不是这样的，是千禧来到城里，看着街上的灯和人，看花了眼，走丢了。

千禧想争辩，母亲饱含歉意地望着她，千禧噎了声，又看看阿姨，期待的眼神依旧。千禧只好低下头，就这么僵持着。阿姨终于叹了口气，放开了千禧的手。她背过身去，母亲就牵起千禧的手走出警局。两个人一起去工厂领回了父亲的尸体，回到小镇办了后事。

失去唯一的经济来源，母亲从此在市场里杀起了鱼。祖母担心杀生造下的虐报在孙女身上，日日念经。

"如果念经有用的话，还要在这里杀鱼吗？"母亲讨厌祖母坐在佛像前絮叨的样子。但祖母却说："那是你的命，念经改不了命，人不能和命争。"

母亲那张脸狠狠地沉了下去。

命是什么？

一串串因果，一串串事件，最后将人导向某个地方，抑或是从一出生就注定好的结局？

千禧不时会想起那张罩住她的渔网，在那个小镇上，在母亲回来的那一刻。

秀梅说，就像重新回到母亲身边是千禧的命，来这座小镇念书也是她的命。

3

春天到来的时候，平静的校园生活终于发生了一件新鲜事。

班里转来了一个男生，原本在小城上中学，因为惹上了学校里的几个坏孩子，转到了这里。千禧觉得，惹了人就要跑的男孩太孬了，但秀梅喜欢，总在她面前说他长得好看，脾气好，和女生说起话来温温吞吞的，不像班里的其他男孩儿，爱搞恶作剧吸引别人注意。

秀梅说得多了，千禧也动摇了，再看那个男孩还真就和她说得一样好，眉眼低低柔柔，讲起话来脸上带着笑。千禧转变了态度，陪秀梅到操场上看他打球，运动会上给他送水，上课的时候偷偷看他，私下里和她揣摩着关于他的一切。

秀梅怀疑千禧也喜欢上了裕民，但千禧不觉得自己喜欢，可不喜欢又为什么要看他、要讨论他呢？在那个年纪的女孩眼里，天下分明只有两种感情，喜欢就是全身心的喜欢，不喜欢就是死活不相干。直到语文课讲《西厢记》时，她才恍然找到了自己的定位。她告诉秀梅，她不会喜欢上裕民，相反，她要做红娘撮合秀梅和裕民。秀梅这才放下心来。秀梅把大多数男生都当成把戏，只有裕民是个例外。千禧不知道裕民的魅力在哪里，她问秀梅，除了好看他还有别的什么吸引人的地方吗？

秀梅回答，有啊，他手指细长，皮肤白，头发软。

说来说去还是外貌，秀梅只好又补充了一句，大概是惺惺相惜吧。

千禧一下子就明白了。

在来这座小镇之前，秀梅一直生活在大城市，班里的同学都传，秀梅是因为在学校里处对象，发生了不好的事情，坏了名声，才转到这里来的。而惺惺相惜这词只适用于同类，秀梅看裕民的眼神就好像是在孤岛上看见了同类。

这一度让千禧有些嫉妒，原来她们相处了那么久，她还不是她的同类，整个学校、整个小镇也没有她的同类。可回到家看见镜子又觉得她怎么能做她的同类呢？黝黑到发亮的皮肤，朦朦胧胧的五官，身上的毛衣还是几年前的，加了线改了又改，而裕民总还是带着点城里人的气息。千禧心里的嫉妒很快消失了，不由更佩服秀梅的眼光。她开始期盼着他们的生活也能来一场《西厢记》里那样的兵乱，让裕民和秀梅的关系能更进一步。然而和平年代不会有兵乱，千禧只能绞尽脑汁地为二人创造机会，周六周天一起自习，生病了鸿雁传书，可两个人的关系还是进展缓慢。裕民进一步退三步，就像心里藏着什么事。可越是这样，秀梅就越是对他着迷。千禧思来想去决定请两人去看电影。

千禧不再去秀梅家试衣服、涂口红了，而是跑到镇政府门口的饭店去帮人洗盘子，一个小时收两块钱做兼职，一周工作八小时就是 16 块钱，一张电影票要 30，工作四周就能换来两张电影票。她计划把其中一张电影票给秀梅，就骗她说是裕民给她的，另一张给裕民，就告诉他是秀梅约他去看的。在爱情电影的熏陶下，两个人怎么还会不成呢？她简直要为自己的主意所倾倒，周身上下洋溢着奉献的快乐。

母亲说千禧是天生的丫鬟命，但千禧却不以为然。她和秀梅是朋友，并非小姐与丫鬟。就算是小姐与丫鬟她也心甘情愿，像红楼梦里的黛玉和紫鹃，那不也情同姐妹吗？

千禧在饭店里一边洗盘子一边攒钱做计划，老板看她能干，干脆辞了原来的阿姨，给她每小时涨了一块钱。活儿一下子变多了，千禧只好对母亲谎称要期末考了，得花更多的时间在学校复习。她小心翼翼地隐瞒着，若被母亲知道自己在外面打工而不去鱼市帮忙，非得被剥下一层皮不可，好在后厨里的学徒得了闲就会来帮她。千禧喊他小亮哥。

周围年轻男孩很少，小亮哥的一举一动就都被千禧看在了眼里。

相处久了，千禧禁不住在心里比较起他和裕民哪个更好。

她想起小亮哥的样子，厨房太热的时候他就会光着膀子切菜配菜，汗水顺着肌肉的纹理一点一滴地淌下来；他吆喝着不知从哪儿学来的流行歌曲和山野小调，随手拿肩膀上的毛巾抹一把汗，抬起头冲千禧笑一笑，黝黑的脸上露出一排白牙。

厨师长总是说，哪一天他不做厨师了，可以去给牙膏拍广告。

那一口牙，千禧想着，真好看！

小亮哥每天做完事都会拉着千禧说话，小半个人生反反复复、翻来覆去都被他说完了——三岁被老鼠咬了一口，六岁去上学，八岁时打了老师被饿了一天，十岁开始逃学。千禧还由此知道他有一个哥哥、一个姐姐，梦想是当武打演员，等学会做饭出了师，还要去少林寺学功夫。两个人变得越发亲近，收了工就在镇上闲逛。他们去铁路上看来来往往的火车，去河边扔石头，那些早已熟稔于心的道路变得新鲜起来，无聊透顶的游戏也变得生动起来。

千禧这时候会觉得秀梅真可怜，因为她享受不到这样的乐趣。

人都是被自己限制住的吧。

为了让她享受到一样的乐趣，千禧更加努力地攒钱。第四周，她和小亮哥终于一起去城里的电影院买了电影票。

和上次一样，道路两旁依旧驻着卖棉花糖的小摊。

小亮哥说："我给你买一只吧。"

千禧想了想说："还是去吃麦当劳吧。"

4

谁也没想到，他们会在麦当劳里碰见裕民。

奶昔没有从前那么香，汉堡也没有从前那么大，千禧舍不得点两份，于是小亮依着千禧的口味，叫了一份。他第一次吃麦当劳，怕出丑，总要等千禧动了才动。千禧问他："你怎么不吃。"他说："我是厨师，什么都会做，不稀罕吃这种东西。"他摆出一副骄傲的样子，千禧忍不住想笑。一份汉堡十五块钱，在小镇上可以吃四碗牛肉面，她知道他不想出丑又舍不得，于是掰下一块炸鸡，塞进他的嘴里。

他咂吧咂吧琢磨味道的样子真像个十足的乡巴佬，千禧心里感到温暖又踏实。二人就这样你一口我一口地吃着。等吃完走出餐厅，碰上了裕民，她拽了拽小亮哥，停住了脚步。

裕民没有注意到千禧，他站在麦当劳门口，不时在玻璃的倒影前整理衣服，模样和平日里有些不同，穿着一件流里流气的外套，焦躁地来回踱步，看样子像是要和人约会。

难道裕民一直不冷不热是因为有了别的姑娘？

千禧不免替秀梅担心起来，这世上哪里还有姑娘比秀梅更好？千禧暗中观察，看了半天也看不出个所以然，想上去问个究竟。突然，一双手从小巷里伸出来把裕民粗暴地扭进了小巷。裕民挣扎着，脚步全然迈不出去，呜咽卡在喉咙里一下就没了声。千禧心里咯噔一下，跟了上去。

只见小巷的另一头，裕民被驾着，黑压压的十几个年轻男孩围着他，为首的男孩手里拿着一根棍子。

裕民和他们显然是认识的，他看着他们，说话的声音有些颤抖。

"是慧慧让你们来的吗？"

男孩没有回答，却狠狠甩了裕民一记耳光。裕民想跑，男孩一个棍子打下来打在了裕民的腿上。裕民的腿一软，倒在了地上。十几个人一起围上来，眼看就要闹出大动静。千禧冲上去大喊了一声："不许打人！"

棍子停在了半空，男孩子们脸上的表情都变得疑惑起来。从哪里跑来的一个乡下姑娘？他们直勾勾地盯着千禧，千禧不由后退了两步。

她没有打过架，也没应付过这样的场面。十几个半大的男孩生猛得像是要吃人，她不由觉得是自己鲁莽了，似乎不该插手管这种闲事，不该拖累小亮哥。一时的胆怯让她想拉着小亮哥跑，可还没转身就被裕民拽住了她的裤脚，眼巴巴地露出惊恐与恳求。

他就像鱼市里那些没有肚肠的鱼。

千禧的恻隐之心终于赶走了胆怯，脚步画了个圈圈，挡在了裕民前面。

小亮哥吃了一惊，顾不得问裕民是她什么人，赶紧又挡在了千禧面前。

千禧心头泛起一阵暖意，这暖意又把她带回了现实，原本可怕的场面，因为这奋不顾身倒是多了一丝甜蜜。

为首的男孩打量了一番千禧和小亮，确信土气的两个人绝不可能是裕民找来的帮手。

他叫千禧让开，说裕民做了坏事，害她姐姐跳楼，要血债血偿。

裕民听见"跳楼"二字一下子瘫软在地上。

也不知是害怕还是震惊，他反复否认着整件事。

那个男孩气得越过千禧和小亮，狠狠地踢了裕民一脚。

许是意识到千禧和小亮其实无力保护自己，许是听闻那个叫慧慧的人的死讯，面对黑压压的十几个人，裕民的身体开始颤抖起来，寡言沉默的脸变得惨白。

千禧觉得他实在太可怜，已经可怜到了没出息的地步。她不知道秀梅怎么会喜欢这么可怜又没出息的男孩子，也不知道这么可怜又没出息的男孩怎么会害死另一个女孩。

慧慧。

慧慧是谁？为什么死了？

人们围了上来，她和小亮哥被挤到了一旁，乒乒乓乓的棍子落下，裕民抱着头发出一阵阵惨叫。

要出人命了。

千禧想起秀梅痴情的样子，又闯进人群中拖出了裕民。

裕民还抱头发愣，直到小亮哥狠狠推了他一把，他才反应过来，站起身向前迈开步伐。

"跑！"

千禧喊。

棍子在身后追赶。

混乱的脚步也在身后追赶。

三个人就这样你拉着我、我拉着你，跌跌撞撞地朝着大路上跑去。原想跑到了路上那些男孩们就会收手，怎知后边的男孩们打红了眼，小亮哥为了护着千禧已经挂了彩，血滴滴答答从额头上流下，混合着汗水淌进了衬衣里。太阳照在他们身上，热烈得让人眩晕。

不知跑了多久，千禧的脚步渐渐慢了下来，两条腿像注了水一般，终于她跑不动了，一屁股跌坐在地上。小亮想要架起她，她却像一团泥巴一样没有一点劲儿。小亮也害怕了，犹豫了一下，干脆抱起了千禧。

"打死也认了。"他大吼一声。

棍子七七八八落了下来，那一刻他们真的觉得自己要死了。

好在并没有多久，就有路人报了警，警车发出鸣笛声从街道另一头开来。

为首的男孩一声令下，众人瞬间作鸟兽散。

警车停了下来，千禧、小亮还有裕民被带到了警察局。

5

兜兜转转。

千禧第一次进城就是在这里，第二次进城还是来到了这里，十年一轮回，时光好像被封印了一般。办公桌、茶水杯、斑驳的窗户和同样的面孔，千禧一眼就认出了警察局里的阿姨，但阿姨却没有认出她来。小孩子一天一个样，五官长开了，人也变了，不像大人，几十年如一日的脸上只会增添皱纹，变不了模样。

阿姨把他们分别叫到房间里做笔录。

阿姨说打架是违法行为，要拘留！

千禧说："阿姨，我们没有打架。"

阿姨抬起头看着她，好像有那么一点点熟悉，却又想不起在哪儿见过。

千禧说："是他们打我们，他们抓走了裕民，要裕民为慧慧血债血偿……"她把来龙去脉有样学样地讲了一遍。阿姨见千禧不像是在说谎，三个人又都讲得差不多，便随口教育了几句，然后替他们买了午饭，带他们去了医院。千禧在她身后看着，感受着。她还像从前那样温柔，味道还是那样好闻。包扎完毕，三个人又回到警局，一个十二三岁的小女孩抱着琴坐在阿姨身边。

那是阿姨的女儿吧？

千禧望着小女孩的背影，嘴角不禁扬了起来。她穿着漂亮的连衣裙，纺绸的里衬，纱质的边，肩膀上一小圈蕾丝，配上迪士尼的粉色书包，真是说不出的好看。

她就好像在看着另一个自己，没想过自己还可以过上这样的生活。

小亮哥问她："你傻笑什么呢？"

千禧答，笑人生奇妙。

哪里奇妙？

千禧把六岁的故事又对小亮哥讲了一遍，她讲得是那么快乐。

敏感与迟钝交汇在同一个人身上时有一种说不出的美，她没觉得命运薄待了自己。相反，她如此快活地看着另一种可能。

太阳落山，二人手牵着手坐车回到镇上。

裕民跟在他们身后，他的眼睛红彤彤地失了焦，步子像喝醉了一样，可是却没有人注意到他的异样。千禧后来想，那是绝望的人才有的样子吧。

6

那场电影终究还是没有看成。

千禧把遇见裕民的事一五一十地对秀梅说了。秀梅不信裕民心里还有一个叫慧慧的女孩，更不信这整件事和生死离别、爱恨情仇有关。她鼓起勇气在放学的时候拦住了裕民，想问他这一切是怎么回事。裕民仿佛已经知道她会问似的，看了看秀梅低下头，一句话不答。秀梅问不出来，可越是问不出来，好奇心就越搅得五脏六腑翻腾。她杵了杵千禧，对千禧使了个眼色，千禧就站到了裕民面前。

千禧问："那个叫慧慧的女孩是你什么人？"

裕民还是不回答。

千禧没办法，只好说："我救了你，你得告诉我事情的真相。"

裕民的眼圈竟泛起了红，不一会儿，皱起了眉头，他一边皱眉，一边默默往前走。秀梅不敢再让千禧问下去，只好陪他一起走。两个人就这么一路跟着，一前一后，亦步亦趋，直到夜幕降临。

事情变得越发扑朔迷离起来，秀梅开始整夜整夜地想，整夜整夜地猜，猜测是裕民辜负了那个女孩吗。

如果不是的话，为什么人家的弟弟要打他。

她随即又猜是那个女孩辜负了裕民？

可如果是，为什么寻死的却是那个女孩？

她要千禧帮她分析分析，千禧尽量顺着她说。然而不管怎么分析都不对，若说两个人是青梅竹马、罗密欧与朱丽叶、梁山伯和祝英台，被家里反对，愤而寻死，秀梅听了便满心恼怒，搜肠刮肚地寻找证据，证明裕民不可能爱着慧慧。若说两个人感情淡了，裕民不要慧慧了，慧慧不甘心跳了楼，秀梅又要辩称裕民不是那样的人。千禧觉得秀梅掉进了一个死胡同里，怎么转也转不出来。原以为知道了这一切她会对裕民断了念想，可谁知道却恰恰相反。她不像千禧，并不觉得掉眼泪的裕民、逃跑的裕民没出息，反而觉得这样的裕民更多了种神秘感与分量，这分量由同情、窥探欲、征服和拯救综合而成。

她的爱恋渐渐由暗变明，现在班里人人都知道她喜欢裕民了。很快，整个学校的人都知道她喜欢裕民了。

连打人的几个半大孩子都知道了，他们查到镇上，开始隔三岔五跑到这里找裕民麻烦。慧慧的相片被贴在了裕民的抽屉和储物柜上，配上红字煞是可怖。不知学校里是不是有了内应，每次裕民撕下照片和红字，不多时便又会被人贴上去，撕下来又贴，撕下来又贴。后来裕民不撕了，任他们把慧慧的照片贴满他的桌面。秀梅看裕民不争不躲的样子，便拉着千禧替裕民撕，撕得眼泪巴巴，心碎不已。学校里的传言多了起来，他们都说是裕民强奸了慧慧，慧慧誓死不从跳楼自杀，裕民怕慧慧的弟弟报复，这才躲到了小镇来上学。

秀梅不相信传言，千禧也不信。秀梅说裕民善良宽厚。千禧倒是没往人品的方向去想，只是单纯地觉得，胆小怕事的裕民没有那个胆子。

　　裕民渐渐被同学们孤立，唯有千禧和秀梅不嫌弃他。可裕民却对二人的好意不为所动，这让秀梅的满腔柔情扑了空。

　　千禧宽慰她，不识好歹的男生犯不着为他难过。她想让秀梅高兴，再和小亮哥约会的时候便带上秀梅。他们一起去河边，一起去看火车，一起在小镇上压马路。然而秀梅总是板着脸不愿意说话，几次之后，再喊秀梅，秀梅也不愿意去了。她把自己关在家里，不和别人说话，也不愿意参与班级的活动，似乎存心要体会裕民的痛苦，好像这样就能替他分担一样。她甚至开始主动给裕民写情书，满腔的拯救欲铺张在纸上，每天一封，诉说着鼓励和欣赏的话语。千禧想着或许这样对他们都好，也就随她去。只是她没有料到，裕民会在这种情况下自杀。

7

　　那是一个很普通的上学日，裕民像平常那样坐在教室的课桌前，没有人看出他和昨天有什么不同，或者和明天将要有什么不同。唯一的异样是他把秀梅给他的信一封一封装在了盒子里，课间的时候他对秀梅笑了笑，还给秀梅写了一张纸条，纸条上有三个字：谢谢你。

　　秀梅和千禧都觉得这是一个很好的变化，他对她的付出终于有了回应，所以她们谁也没有想到，接下来的英语课上，裕民会忽然从楼上跳下去。他是如此平静地走到窗台前，抬起了脚，接着整个身体就往下沉去，消失在众人的眼前。在他跳下去的那一刻，全班甚至没有一个人反应过来，直到楼下的树枝发出扑哧扑哧的断裂声，大家才发出了惊叫声。秀梅的脸发白，一把捏过千禧的手。老师颤抖着冲出教室，去找电话拨打110。女孩子们好不容易反应过来，立刻哭成一片抱作一团。男生们则一个个假装维持秩序地劝慰大家，却没有一个敢趴到窗台去看一眼。

都是十五六岁的孩子，谁都没见过横死的人，只有千禧，千禧率先趴到了窗台上。

只见裕民仰面躺在地上，身下是被折断的树叶和树枝，泥土上有一个砸出来的浅坑。他脸色青黑，眼睛紧闭，胸脯不太规律地起伏着。

千禧见过死人，死人的胸部是不会起伏的。

千禧反应过来，他还活着。

整个学校已经乱成一团，老师们慌了，救护车来了，医生们慌了，警察来了，家属们慌了……小镇中学自成立起就没有出过这样的事情，这一事件就像长了脚一般一传十、十传百。一直到好几天后还有校外的和城里的学生三五成群地往他们学校涌入，不为别的，就为看看从五楼掉下来砸出的那个浅坑。而这被参观的状态，一直持续到医院传来消息，裕民脱离了生命危险。

老师说是教室窗台外的槐树救了他，厚厚的枝干叶子减缓了下落的速度。镇上的老人也说是槐树救了他，但不是因为厚厚的枝干叶子，而是因为前世的渊源。总之，那个不可能活下来的裕民就这样一点一点恢复了，被撕开的皮肤合上了，粉碎的骨头长好了，钢板拆下来又换成石膏，伤口一点一点没了踪迹。慢慢地，他可以坐起来了。慢慢地，他可以下地走动了。不知道是不是经历了生死，他的话比从前多了一点，他不再排斥秀梅的好意。秀梅便每天都去医院看他，给他讲班里的事情。他有时候会看着秀梅发呆，有时候会望着窗外新长出来的叶子发呆。秀梅还是没有放弃打听慧慧的故事，好在裕民不再守口如瓶，他慢慢地开始说一些。他有时候告诉秀梅，慧慧是个很好的女孩子，温柔、聪明，有时候又告诉秀梅，慧慧是个很糟糕的女孩子，脾气坏，爱说谎。

大概人都有好的一面，也都有坏的一面吧，秀梅全盘接受了裕民口中的慧慧，再全盘转告给千禧。

整个故事便也渐渐地浮现出了脉络。

8

在裕民的故事里。

慧慧和裕民从小就认识，平时一起上学，一起放学，一起写作业。他们念完了初中又考到了同一所高中，就像青梅竹马里描写的那样，干什么事情都在一起。他们计划着考到同一所大学，再去同一个城市工作，没有想过爱情的事，好像一切都是自然而然发生的。直到有一天，两个人心血来潮去大学的图书室写作业。

写得乏了，裕民翻起书柜上的小说，不知从哪个角落里拾起了一本半白话半文言文的书。裕民拿来给慧慧看，两人都只当是寻常的章节，你翻译一句，我解释一句，怎知看着看着，描写变得越发炽热。

慧慧说这不是好书，裕民便笑了。可不是吗？尽是男男女女的事情。

两个人的脸都红彤彤的，把书重新放到了书架上，但书里的描写却搅乱了他们的内心。回家的路上，慧慧问裕民当自己是他的什么人。裕民明白慧慧的意思，却不知要怎么回答。他没有想过这个问题，慧慧知道裕民也没想过，于是便问裕民两个人以后会不会结婚。裕民照实说不知道，于是慧慧有些生气。裕民怕慧慧生气，便又改口说会，慧慧心满意足地亲了裕民的脸颊一下。她的嘴唇温温的软软的好像带着一种少女的清香，裕民只觉得整个身体飘了起来。慧慧笑他："怎么了，小时候我不也亲过你吗？"

裕民说："不一样，很不一样。"

他说着，又凑上前去。

或许不能全怪那本艳情小说，虽然它本不该出现在公开的书架上，是藏书库的管理员疏忽了，或是借阅的中文系学生疏忽了，它被放错了位置。但谁知道即便没有那本书，这样的事情会不会发生呢？裕民被那一个吻搅得心里像有只小蚂蚁在轻轻地爬，书里的内容一股脑儿涌上眼前。他看着慧慧，好像慧慧变成了另一个人，他想要吞了她。他趁着那个吻，凑到了慧慧的脖颈上。慧慧躲闪一下很快又迎了上去，然后他们一起去了慧慧家。

本该是一场青涩的尝试，可谁知裕民刚刚拂去慧慧肩膀上的衣服，门就被打开了。慧慧的妈妈看着眼前的场景尖叫一声。不等慧慧解释，爸爸上前踹开了裕民，给了慧慧一记耳光，骂慧慧不要脸。慧慧吓哭了，妈妈又上前去掐她。

那天晚上，裕民的父母把裕民领回了家。裕民担心事情的发展，可又不敢打电话。也不知怎么，到了第二天，她便称是裕民要强奸自己。

大概是被打怕了，大概是不要脸的辱骂让她觉得羞耻，裕民冷静下来觉得这一切也并非不能理解。可当时他无法理解，他觉得她栽赃了他，背叛了他，坑害了他。父母不相信他没有对慧慧做什么，带着他登门道歉。两家人原本就是熟识，谁也不想把事情闹大。没过多久，裕民就转了学，来到了镇上。慧慧一直尝试着联系裕民，可是裕民不想再搭理她，他决心要把她忘记，开始新的生活。

但是，点点滴滴的回忆却不肯放过他，到了夜里睡觉时，他梦见了她。有那么几次恍惚中，他觉得或许自己真的对她做了什么，她那样好的一个人怎么会骗人。他很困惑，那些细节和事情随着时间的推移变得更加模糊。他开始思念她，他甚至想，即便她真的骗了人、害了他，在那样的情况下，她一个女孩子，又能怪她什么呢？周末，他进了城，想告诉她，他原谅了她。可是他没有想到的是，遇见了慧慧的弟弟，更没想到的是，慧慧在前一天晚上跳了楼。

是谁害死了慧慧？

在裕民的故事里，自然是慧慧的家人，可在慧慧家人的故事里大概是裕民吧。人会骗人，记忆也会骗人，就算没有人骗人，同样的事情，对于不同的人来说又成了不同的事情。只有秀梅认真地相信着裕民故事里的每一句话、每一个字。待到他出院，他和秀梅的关系已经像千禧和小亮哥一般好了。两对小情侣就这么成日结伴在镇上逛，把早已熟稔于心的游戏和道路走上一遍又一遍。有时候秀梅和裕民会手牵着手，学千禧他们的样子。有时候千禧和小亮会到城里点一杯咖啡，学秀梅和裕民的样子。她们彼此都觉得对方得到了真正的乐趣，幸福在心里一点一点增长。而与这幸福一起而来的，还有流言。流言传到了裕民从前念书的地方，传到了慧慧弟弟的耳朵里。他们说裕民恋爱了，过着快乐又潇洒的生活。慧慧的命就这样白白丢了，在最好的年纪里，一文不值。

那原本因为跳楼而熄灭的怒火便再次燃烧了起来。

9

千禧每次想起这件事都会想起这个问题，想起自己的母亲：相爱的两个人，当其中一个已经不在，另一个是不是就要失去快乐的权利？

父亲噩耗传来的那一晚，母亲成了一个人。她在镜子前空坐了一会儿，起身悄悄从箱子底下掏出了嫁妆细软——没有多少值钱的东西，不过两个金戒指，一条细项链，零零散散的存折和说不清是什么材质的手镯。她把这些东西包好，放进贴身的衣服里，怕被祖母发现，连窗帘都拉得严严实实。

千禧问她："你在干什么呢？"

母亲摆出凶巴巴的脸孔，告诫千禧，要是她敢和祖母说，就撕烂她的嘴。

千禧怯怯地点点头，母亲这才和缓下来，把千禧抱到大腿上看了又看，摸了又摸。

祖母说，母亲有相好的，一心想抛下一家老小，和相好私奔。母亲则赌咒发誓不肯承认。千禧知道那个男人就在隔壁镇上，还知道两人原是表亲，曾指腹为婚。后来新婚姻法出来，表亲联姻不再是亲上亲，指腹为婚也就不再算数。母亲出嫁那天，那个男人一个人在酒席上喝得酩酊大醉。

大概就是种青梅竹马的感情吧，像她和小亮哥、秀梅和裕民，没有那么多条条框框的束缚，回想起来倒更多是为母亲感到惋惜。那么早就结了婚，把青春和梦藏进了妻子的身份里，又那么快就怀了娃娃，在家里带娃娃，做家务，照顾老人，像任何一个小镇里的妇女一样。父亲去世后，那颗死去的心才一点一点跳动起来。她对着镜子看自己的脸，想起自己才29岁，未来还有很长的一段路可以走。

她计划把千禧留下，把抚恤金也留下，自己去奔向新生活。

她盘算了整个晚上，周密详细地计划了一遍又一遍，从带什么东西，到从哪里走，走到哪里，一整夜辗转反侧、事无巨细全都列了出来。可千计划万计划却没有计划到女人看女人，一眼就能看透。她和婆婆告辞，要去城里接遗体回家，可婆婆却偏要千禧跟着她一起去。她推脱说带着千禧不方便，小孩子看见尸体会吓丢魂，但婆婆全不理会，反复表示自己身体不舒服看不了千禧，如果她不带千禧去，那么便不用去了，让工地把尸体运回来就行。千禧的母亲这才没有办法，只好带上了千禧。可是带着千禧，她能往哪里跑呢？想走的心很坚决，干脆狠心丢了她。她坐上了汽车，又转了火车，和那个男人在旅馆里做了五天的夫妻。

白天一切都是美好的，憧憬未来，憧憬长满了爱情的日子。可到了晚上，她就开始做噩梦，梦见千禧被拐骗到山村，梦见千禧被断了手脚扔到街头乞讨。这噩梦搅得她的心一日比一日沉重，终于在第六天，她放弃了。在男人依依不舍的目光和赌咒发誓的劝说中赶了回乡的车。她没有意识到，这一去改变的不仅仅是自己的命运，也是千禧的命运。小镇和城里不同，祖祖辈辈的女人死了丈夫便是死了丈夫，有跑的，有偷偷摸摸处相好的，但从没听说名正言顺改嫁的。她认下了自己的命运，在鱼市里做了一个杀鱼的人。

世上的很多事情不是凡人能预料的。母亲预料不到自己，千禧也预料不到这场青春里的爱情会在每个人的身上烙下如此深刻的烙印。

10

裕民出院后的第二个月，四个人一起去城里看了那场没能看成的电影。散场的时候，秀梅要请他们喝饮料，她提议玩真心话大冒险。千禧知道她的意思，心照不宣地举手赞同，帮着她把平日里不敢说的话、不敢做的事都在这个游戏的幌子下一股脑儿说了做了。

千禧和小亮哥亲了嘴，秀梅和裕民也亲了嘴。

千禧帮秀梅问了裕民，他长大以后会不会和秀梅结婚。

秀梅也帮千禧问了小亮哥，如果千禧变老变丑，他还喜不喜欢她。

四个人的心情随着游戏的进行都变得紧张起来，又松弛下去，严肃起来，又轻快下去，临结束时，秀梅吞吞吐吐地拉起裕民的手，说自己还有一个问题想问。

裕民问："什么问题？"

秀梅说："我和慧慧，在你心里谁的分量更重？"

裕民的脸色一下子就变了。

转瞬即逝的反感和不悦被在场的人捕捉到，千禧赶紧替裕民圆场，说过去的事情不要再提也好，然后裕民意识到自己的失态，连忙顺着千禧的话表示自己甘愿被罚。

他找店家要了一瓶一升的汽水，仰着脖子咕嘟咕嘟一口气喝完了！千禧和小亮哥赶紧帮腔鼓掌，可秀梅的一张嘴却仍旧噘着，脸仍旧沉着。

裕民说："大家难得出来玩，又难得玩得这样开心，你不要生气破坏了气氛嘛！"

秀梅说："怎么是我坏了气氛呢？如果我比她更有分量，你为什么不敢回答；如果她比我更有分量，你为什么要来找我？"

这世上的事情要这么一讲，还真就像是非此即彼，可要真是非此即彼倒也好办，只是哪里有那么简单？千禧觉得秀梅无理，又觉得秀梅可怜，可怜把无理盖了下去，她便帮着秀梅让裕民觉得是他自己不对。她让裕民说些温言软语，说些有趣的事情，把这页翻过去。裕民按着她的意思照做了，但秀梅反而更觉得抓住了他的把柄。

"你看，他要是觉得自己没有问题，又服什么软呢？"

就是这句话把裕民惹恼的。

他皱着眉头，一张一翕的鼻子像是要奔出火来。

他克制了好一会儿，终于开口："你非要我回答也行，那你告诉我，你为什么要来小镇念书？"

秀梅的脸唰地红了，红了片刻又唰地白了！

她知道他也听说了传言。

她在裕民的脸上打了一记耳光，匆匆下了车。

那是城里开往小镇的班车，班车上熙熙攘攘坐着镇上或小城里的人。所有人都听见了这番对话，裕民有些后悔，赶紧下车去追秀梅。

千禧与小亮哥两个人你看看我，我看看你，不知好好的一场游戏怎么会变成这样。还是小亮哥眼睛尖，看见同乘在一辆车上的有那天打架的其中一个男孩，男孩不时低头摆弄腰间的传呼机，小亮哥怕惹出祸端，赶紧牵着千禧下了车。二人追了秀梅和裕民一路，总算在镇口碰上了面，秀梅的眼睛肿得就像是金鱼，裕民板着脸站在她身边，不知是劝久了懒得劝了，还是自己也没有消气。两个人勉强站在一起，倒比陌生人更疏离。气氛压抑得像是雷雨天，谁也不敢说话。

　　只听见秀梅抽抽嗒嗒地说："就这样吧。"

　　"就哪样？"裕民问。

　　秀梅说："既然你嫌弃我。"

　　裕民说："所以你承认了？"

　　秀梅不再吭声，千禧看着秀梅，小亮哥尴尬得恨不得找个地缝钻进去。对于男男女女的那点事，他实在有些苦恼。

　　裕民一把拉过秀梅，一瞬间居高临下起来。千禧见裕民变脸，打掉了裕民的手，带着秀梅走了。

　　她拉着秀梅去了自己家，两个人挤了一个被窝，她没有再问秀梅关于留在小镇念书的事情，只是觉得裕民越发面目可憎起来。

　　处对象便处对象，为什么要一副委屈样、施舍样呢？

　　她把秀梅抱在怀里，像哄孩子似的哄着她。

　　秀梅就在千禧的怀里抹干眼泪，沉沉睡着。睡到半夜，她醒过来摇醒了千禧。

千禧迷迷糊糊地看着她。

她说，千禧，我没有处过对象，我来这里念书是因为我爸爸犯了案。

11

裕民不再来找秀梅，四个人变成了三个人，千禧和小亮哥去哪儿都带着秀梅。她不再像之前那样总是沉默不语，相反，她努力让自己看起来合群、开心。

秀梅什么都懂一点，什么都会一点，心情好的时候和他们说大城市里的生活，说她曾经坐过的邮轮、飞机和去过的地方。

千禧发现，秀梅身上的那种魅力又回来了，连小亮哥看秀梅的眼神也渐渐有些变了。有那么几次，秀梅没有出现，千禧就发现小亮哥不像从前那么热络，心不在焉的，不时要假装不经意地问一下秀梅去哪儿了。

千禧的心沉了下去。

她告诉秀梅，她觉得小亮哥好像不再像之前那样对待自己了。秀梅没有想到那一层，转而告诉千禧，男孩子都喜欢漂亮的女孩。千禧于是破天荒地开始学打扮，她把秀梅的香水涂在手上，盖掉鱼腥气；她让秀梅帮自己化妆，陪自己捯饬衣服。

小亮哥生日那天，千禧提前好几个小时到秀梅的家里来，她穿着秀梅的裙子、秀梅的鞋子，涂着秀梅的面霜和粉底。她老远就看见小亮哥在饭店里等她，嘴巴咧着，可走到跟前，小亮却说：

"我还以为是秀梅呢。"

　　就算极力掩饰，那脸上的失落感也太过明显。他憋了很久，终于问她："秀梅不来吗？"千禧点点头又摇摇头："她要来的，我们去接她吧。"小亮哥这才高兴起来。千禧心里觉得憎恨，可却不知道该憎恨谁，那些好不容易长出来的自信又瞬间被击得粉碎。快乐不见了，可她谁也怨不了。

　　两个人就这样来到了秀梅家，开门的是秀梅的妈妈，她说秀梅出去了。千禧问去哪儿了，秀梅妈妈说，有同学来找她。千禧问哪个同学，秀梅妈妈说，好像是裕民吧。千禧的眉头皱起来又舒开来，小亮哥却正好相反。

　　他执意要去找秀梅，千禧拗不过，只好陪着。

　　鞋子偏小，走得生疼，裙子在膝盖上面，夜风吹过来凉飕飕的，千禧缩了缩肩膀，因为冷，不免倒吸了几口气。换做往常，小亮哥早就把外套脱下来给她了。可今天他的心思都不在她身上，他甚至都忘了饭店里还摆着生日蛋糕和饭菜，他一心只想把秀梅找到。

　　两个人去了秀梅和裕民从前常去的地方，一处一处地找，一处一处地寻。小镇就这么大，他们翻来覆去都快要放弃了，却在一个废弃的公园里听到了声音，听到的不仅有秀梅和裕民的声音，还有几个男孩子的声音。

　　后来千禧才知道，是慧慧的弟弟差人报仇来了。十四五岁的孩子，看多了打打杀杀的枪战片、英雄片，被那种热血的情怀冲昏了头脑，生出许多幻想，于是一而再再而三地要宣泄一下这份情怀。他们找到了裕民，不知是谁提出要废掉裕民，让他变成女人。裕民显然不是这些人的对手，吓得话都说不利索了。又不知是谁给出了主意，他最后决定骗秀梅来，骗她来做什么？

以牙还牙、以眼还眼。

裕民对秀梅说："你别怪我，你本来就是破鞋。"

秀梅的眼睛气得血红血红的。

小亮哥和千禧赶到的时候，那场凌辱才刚刚开始。小亮哥冲上前去一把护住秀梅，就像从前护着千禧一样，可是他一个人又怎么打得过那么多人，他很快就被人踩在了地上。千禧不知从哪里捡来了一根铁棍，朝着踩人的那人头上就是一棍。那个人一个趔趄，千禧冲着小亮哥大喊，跑！

小亮哥迟疑片刻，拽起了秀梅！

她从来没见过小亮哥跑得这么快，一起跑掉的还有裕民。如果小亮哥还喜欢她，是绝对不会跑的。她了解他，就像了解自己一样。她望着他们的背影，想要跟上前去。

不知是谁给了她一个耳光，她"啪"地一下倒在了地上。

12

警车赶来的时候，千禧已经陷入了朦朦胧胧的状态。她两手捂着裙子，裙子被扯坏了，白色的花边粘上了泥土。秀梅原来说过，这条裙子是要送给她的，小镇上根本买不到这样的裙子。她满心想着的是，真可惜，怎么就被扯坏了？

后来的事情千禧记不太清楚了。等她从医院回来，秀梅已经转学了，镇政府门口的饭店也早已没有了小亮哥，除了几句偶尔传进耳朵里的叹息和流言，就好像一切都没有发生过。

母亲在一个清晨走了，她给千禧留下了一封信，说是她去外地打工了。

千禧挺替母亲高兴的。

她觉得这个地方根本就不适合生活。

母亲走后，祖母也不再念经了。

她一天一天变老，话都说不利索了，却喜欢摸着千禧的头说："我可怜的孙女。"

千禧想，等祖母哪一天死了，自己也要离开这个地方，去大城市，说不定还能遇见秀梅和小亮哥。她不恨他们了，事实上她也从来没有恨过她们。她一个人怪寂寞的，倒是常常想念他们从前在一起的日子。

归

1

窗外没有风，空气的能见度有些低。窗帘被拉开，朦胧的光线透进来。

白灵翻了个身，懒洋洋地躲避着光线，像是要继续沉睡，可睁着的眼睛却出卖了她。

那双眼睛有些了无生趣，圆圆地、死死地瞪着天花板。

天花板上有个黑点，说不清是污渍抑或是什么。

白灵琢磨了一会儿，没有琢磨出个所以然。眼前的场景有些熟悉，好像在哪里见过。

她仔细回忆，想起高中时学过的一篇语文课文。课文里的主人公也和她一样，花费了很长一段时间在一堵墙的面前琢磨墙上的黑点是什么。

那个主人公有一双对世界充满好奇和探究的眼睛，从一个黑点就能联想到世界历史。

不似她，悲观厌世。

那篇课文叫什么？白灵一时想不起来。她从枕头底下翻出手机，想要上网查一查。还没来得及输入，突然听见门被"砰"的一声打开了。空气中霎时弥漫起酒精的味道，夹着酸腐，搅得人想吐。白灵皱了皱眉，正要发作，却看到林勇踱步进来的脸，那张脸像死人一样比她更了无生趣，更悲观厌世。她只好把怒火硬生生给吞了回去，叹了口气，问道：

"回来了？"

"嗯！"

"要不要吃早餐？"

林勇含糊地答了一句，沉甸甸地倒在床上。

他发出沉重的鼻息，鼻息声时不时停下，如溺水般再重新开始，一声高过一声，周而复始。

说来也怪，那样一张形容枯槁的脸上，瘦得只剩下了一层皮，竟会得上胖子才会得的病，睡着睡着呼吸就停止了。有时候白灵希望这停止能变成永久，好让麻木向前的日子稍微歇一歇。

这是他们结婚的第八年，不知道为什么会变成这样。

或许是并不宽裕的经济，或许是性格、脾气。

又或者根本从最开始在一起时就没有真实的感情。

绞尽脑汁也想不起相识之初的那段日子，大概是失意的两个人搭伙生活，或许也曾有过激情澎湃的时候，有过雨夜里的吻、感动撩人的泪，但谁还记得呢？

它们都被岁月抛在了身后，总有更需要解决的东西摆在眼前，比如这摇摇欲坠的人生。

白灵又叹了口气，踱步到厨房准备早餐。

2

大概只有早餐是生活里能够掌控的，是一天中一个良好的开始。

她往两只碗里分别打了鸡蛋，搅成液状放上香肠，挤上色拉，倒上牛奶。

趁着正在加热，她又去浴室洗了脸，刷了牙，还顺便把洁厕液倒进了马桶，启动了洗衣机。

生活就像在打仗。

有的人早早地打赢了自己的战役，有人不知道还要打到什么时候，还有人一战打完又来一战，永远也没有停下来的机会。

香肠和鸡蛋的香味飘了出来，白灵把它们拿到了桌子上。

她喊林勇起床，林勇迷迷糊糊地坐起来，坐到饭桌前。

或许是吐了一宿，肚子是空的却依旧没有好胃口，又或许只是挑剔她挑剔成了习惯。

"不是说了不要色拉吗？"他生硬地说。

她耐着性子将鸡蛋面上的色拉撇掉又还给他。

他勉强吃了一口，再次责怪她应该用油煎。

她不想浪费力气和他吵架，干脆去厨房重新做了一份。可他却似乎存心要花一花力气和她吵上一架。

吃了煎蛋嫌牛奶不够热，热了牛奶又嫌喝起来困。换了咖啡，咂摸着嘴觉得酸味太大，嫌香肠肥多瘦少，餐盘没有消毒。

她终于忍无可忍，砸掉了杯子，问他想干什么。

而他似乎就在这里等着她。

他一把掐住她的脖子，将她摁在墙上。

两个人你瞪着我我瞪着你，像仇人一般。

寻常夫妻会像这样打架吗？

白灵想。

如果不会，那么他们大概就不是一对寻常的夫妻。

她努力够到身旁的碎玻璃，往前一伸抵在他的脖子上。

一秒，两秒，三秒。

仿佛有一个世纪那么漫长。

她的视线都模糊了，嗓子眼冒出一股甜腥气。他的脖子也隐约陷下去要流出血来。

谁会先完蛋？

有那么一瞬，她觉得自己就要死了。她的力气没有他大，心肠也没有他狠，可谁知电话铃响了起来，救了她。

她有些遗憾，电话为什么要响呢？

他放开了她，就在那么一瞬间又恢复了平静。

"如果是刘伟，就说我不在。"

她点了点头。

3

生活久了的夫妻总会有这样一种默契，知道什么时候该吵架，借着时机发泄生活的不满与失意，什么时候不该吵架，小心藏起脾气，忍耐着，和颜悦色、相敬如宾。

白灵绕过地上的狼藉，走向卧室。

好像一切都没有发生过，她接起电话。

"喂。"

电话那头一片沉默。

她几乎要挂断时，才听见一个陌生却又熟悉的声音响起。

"灵素。"

只听到这两个字，她的手心就沁出了汗。

"我到了你在的城市，我想见你。"

……

整颗心怦怦地跳了起来，好像隔得老远都能听见。

是他？

他怎么会知道她的电话呢？

再听下去，便确定是他了。

一连串的出乎意料让她有些走神。

这走神成功引起了林勇的注意。

"谁？"他看着她。

她捂着话筒。

"一个朋友。"

"不是刘伟？"

"不是。"

他抹了抹下巴。

大概只要不是上门要钱的，他就全无所谓。

他胡乱吃了一点东西，打开房门。

"如果可以，找你朋友借点钱还这个月的贷款吧。"

他垂下眼帘，带着恳求的样子。

门被关上。

她对着电话说："让我想一想。"

也不知道这句想一想是说给谁听的。

是林勇，还是他。

4

现在看来，林勇不是一个擅于经营的人，可却偏偏要经营生意。

他曾有过许多野心和抱负，怀揣着这些野心抱负登上了生活的拳台。

那会儿他还年轻，没想到生活是个这样棒的拳手，左勾拳右勾拳，一拳又一拳，很快就把他揍得体无完肤。

他燃起了迎战的斗志，却没有意识到自己找错了对手。摔得太多，待清醒过来才发现，自己除了这个拳台哪儿也去不了。

生活已然变成了纯粹的惯性，日夜交替。

白灵说，申请破产，还完欠款，我们就过些踏实的生活。

他说好！

然而欠款也不是这么好还的，他签过对赌协议，卖了两套房子，每个月却还有各种各样的账单。

因为看不见希望，只好将注意力全部着眼于当下。两个人都是这样，不去想明天，烦了就像今天这样打一架。

白灵在镜子前照了照，脖子上有一道醒目的瘀痕。

她从衣橱里翻出一条方巾小心遮掩住，那方巾仿佛有一种魔力似的，衬得皮肤雪白。

说来也怪，这么多年焦躁的生活却没有让她变老多少。偶尔朋友聚会，倒是她最显年轻。

母亲说这叫作命贱，苦难的日子全都不写在脸上。

她想，命贱也好，在这样的境况下总比命不贱好，至少看起来过得还像个人样。

她化了妆，又换了一身衣服，提了一个小篮子，去市场上买晚上要吃的菜。

昂首走在路上，那抹了颜色的嘴唇是生动的，脸蛋也是生动的，唯一少了灵气的是眼睛。大概是太久没有柔和地看过这个世界，以至于显得有点硬生生的，可谁会注意到这样的细节呢？她回到家后，从梳妆台的抽屉里拿出一盒旧眼影，在眼角眉梢处轻轻地抹了一点。

神采就这么来了。

白灵又想起了那通电话，不经意间笑了笑。

她在报纸上看到过他几次，胖了一点，老了一点。她想象过两人重逢的场面，想象着该用什么样的姿态，热情的，平淡的，抑或一如当初。

可没想到真会有这么一天。她有些犹豫，他一定会追问她当年为什么不告而别，她该怎么回答呢？她怕心底还没有浇灭的火焰搅乱这如死水一般平静的生活。

她怕还没有死去的灵魂兴风作浪。

她怕没有便也没有，有了再没有，却是全然不同的滋味。

她收起笑容，摇了摇头。

她摘下脖子上的方巾，抹掉口红，戴上围裙。

地上的碎玻璃还没有扫掉，她从厨房拿了扫把，蹲下身体。

她很认真地清扫，用布将碎玻璃包好，再用记号笔写上"小心划手"。

一切做好后，她起身想要把它们拿到楼下，却听见门外传来了敲门声。

她心里咯噔跳了一下。

脚步声不止一个人。

她悄悄趴到猫眼里看，是刘伟。

"我知道你在家。"

她捧着碎玻璃退回到沙发上，很快外面传来了"乒乒乓乓"的声音。

5

不管在什么地方，这世上讨债的方式都是一样的。他们几乎保持着每月一次的频率。

那些程序她熟稔得很，上门，泼漆，骚扰邻居。她稍稍放下心来，尽量不弄出声音，静静地等着这一波动静过去。

可谁知今时与往日不同，他们不依不饶，敲不开门，竟索性砸了起来。

门锁发出一下又一下的撞击声。

他们这是要做什么？

家里分明没有能和债务相比的家具电器。

他们要抓人吗？绑架？绑了谁来付钱？

她想到这里不免好笑，干脆走上前，直接打开房门。

刘伟显然愣住了，没想到她居然敢给他开门。

对生活没有期待的人便没有忌惮。

他显然不明白这一点，还在思索该用什么样的态度，白灵却又让出了一个位置。

"家里有什么值钱的东西，想搬就搬走，绑人勒索，我们可没有赎金的。"

那言语里带着三分挑衅，七分调侃，分明就是不把他们放在眼里了。

她直视着他，眼珠子圆圆的，懒懒的，无所畏惧的样子让刘伟有点恼，他盯着她的脸，随即伸出手来揽住她。

"你要干什么呢？"

"你说呢？"

两个跟班知趣地退到楼下，替他们关上了房门。

她没有躲，还是刚才那副样子，眼神直直的，好像他只是个无关紧要的人，即便原本没有打算做什么，这时也被她逼出了罪恶的念头。

狭路相逢，可不能输了气势。

她不怕他打她，那么就总有她怕的吧？

他甩了她一个耳光，她的脸红扑扑的。

他干脆去掀她的衣服。

她随他去。

费心费力折腾了半天没想到是这样，他骂她，她也享受，打她，她更享受，就好像把力气出在了一团棉花上，只是自己白白辛苦。临到结束，不像是他睡了她，却像是她处心积虑睡了他，他莫名地涌起更恼怒的情绪。

她慢条斯理地爬起身来，穿好衣服。

"我还以为你要干吗呢。"

没有想象中的征服、求饶和讨价还价，甚至都没有觉得占到了便宜。

"这个月的利息，月底再不还的话，剁你一只手。"

他狠狠地丢下话，转身离开。

门关上的那一刹那，她松下一口气，揉了揉眼睛，不知道怎么竟然有一点湿。可能是因为窗户没有关，风吹得迷了眼，她不耐烦地拭去眼泪，想起了母亲说她的话，命贱。她叹了口气，嫌恶地将床单和衣服一股脑儿扔进洗衣机，打开浴室的喷头。门外传来泼漆的声音，还有邻里间的咒骂声。

"赶紧搬走，天天这样，别人怎么过日子！"

她把喷头开得更大声了一点，又放了一段音乐，门外的嘈杂声在一墙之隔的门内也就渐渐小了下去。

6

为什么会把日子过成这样？她不知道。为什么不离开？她好像也没有想过。她其实是自由的，没有什么值得牵挂的人和事，她可以躲起来换一个地方生活。她会一点缝纫，会一点设计，她念过大学，还曾在大公司里做过事。而且，她长得显小，一点看不出是三十好几的人，或许她还可以再嫁一个人。

这么一想她竟觉得好笑起来，为什么从前没有这样想过？

念头就是这样，一旦冒出来，便会一点一点丰富。

她有些腻烦如今的日子了，没有丝毫新意。一天和一年一个样，一年和一百年没有区别。苦日子里没有盼头就充满了乏味，更何况她还根本不爱他。

她洗完澡，关上淋浴，下意识地从衣橱里拿了几件衣服，装进行李箱。她将结婚戒指摘下放进了口袋里。她就这么想着，想了很多很多，很久很久，几乎就要提着行李箱走掉了。钥匙的声音却突然响起，是林勇。她把行李箱藏进了床铺底下，太阳刚刚落山，他比从前回家的时间提前了一天。

"你回来了。"

他低下头，走进浴室里，许久都没有出来。

她犹豫了片刻推门进去。

他正坐在角落吸烟，眼角有擦伤，整个脸颊青肿着。他比上午时清醒了一些，没有喝酒，没有跌跌撞撞的步伐。

"是谁打了你呢？"她问他，他没有回答。

她大概猜到了。

"刘伟来过吗？"他抬起脸问道。

她点了点头。

他也仿佛什么都知道了，伸手摸了摸她的额头，还有她颈部的瘀痕。她没有拒绝他。

这一回是难得温柔的。她觉得他可怜，在外面的世界受了伤，却没有一丁点的办法。她轻轻掠过他身上的青肿，容纳着他横冲直撞。他将她翻过身来，她先是闭着眼睛，随后睁开，不知怎么又看见了天花板上的那个黑点。

黑点被放大，越来越大，像是一个洞。洞外面是什么呢？她遐想着，看到了一片天空，看到了一片星辰。他轻轻地抚弄着她的头发，说："我们生一个孩子吧？"

她说："好。"

他把头埋下，接着又说："我最近又谈了个新的项目，等拿到这笔款，我们申请破产，把欠债还完。"

她还是说："好。"

他喜欢在这种时候同她畅想未来，好像她是他从哪个酒吧或小弄堂里骗来的年轻女孩。可她不喜欢这样，像是个永远也长不大的人。只有小孩子才会做计划，才会想未来，在他们的眼中，一伸手就能握住整个世界，不像到了这把年纪，已经被生活捶打过。

憧憬和许诺是浅薄的把戏，这世上男人浅薄，女人也浅薄。只有她，她不浅薄，所以她不给人憧憬，也不给人许诺；她不信憧憬，也不信许诺；她信命，信当下，信现在。

她有些机械地想，机械地抚摸着他的头发。他完事后，迷迷糊糊地从她身上下来，翻了个身，又响起了鼻息声。她蹑手蹑脚地起身，换了身衣服，搬出床铺底下的箱子。

7

在一起的第八年，她要离开，不知道这算不算薄情寡义。

不是因为钱，不是因为无望的生活，仅仅是因为乏味，想试试另一种可能。

有什么理由要留下来呢?

她打开了卧室的门。

"别走。"

她吓了一跳，没想到他会叫住她。她回头看他。

他闭着眼睛，像是在哭，分不清是睡是醒，还是做梦。

女人到了一定年纪，周身上下就会散发出一种母性光芒，对脆弱再难以旁观。

她迟疑了片刻，重新爬上床，轻轻拍着他的后背。

他还在说，声音越来越小。

她同情地看着他，抱着他。

走还是要走的，只是也许可以再等等。

她又把行李箱藏进了床铺底下。

她睡得很熟。

第二天早晨，电话铃响起才把她吵醒。

林勇已经出门去了。

电话那头还是一样的声音。

"你想好了吗，我想见你。"

又是他。

这次她和缓了很多,手心里也不再沁出汗水,她故意调皮起来。

问他:"有多想?"

他说:"特别想!"

8

不知是不是从小生活富足的人,总是很难听出话里不带好意的调侃,她有意要再捉弄他几句,却又不忍心了。

她想起了他的眼睛,那双眼睛是没有年龄的眼睛。她又想起了他的声音,那声音也是没有年龄的声音。

她嘴角浮现了一丝笑容,这笑容把自己都吓了一跳,她赶紧收起了笑。

"你想在哪里见我?"她问。

他沉默了一会儿,像是要掩饰那种过分激动的声音,可依然低沉不下来。

"这里有一家咖啡厅做的饮料很好喝,简餐也很不错,我想你应该没有来过,也许可以试试看。"

他期待着她的回答。

她说:"好,那你在那里等我。"

挂断电话,她看了看手边的行李。

他还是和以前一样,那么真心实意。没有约她在酒店,没有在夜里约她，他约她在清晨先去咖啡厅喝一杯咖啡，这意味着这会是一整天的约会，意味着他已经安排了很久，意味着他期待的不是一场露水情缘。

那么，他期待的是什么呢？

她的心有一点乱，站在镜子面前看着自己。

脸上还有一点憔悴，不能带着憔悴去见他。

她化了妆，怕太热情，一眼就能看出心底的惦记，口红抹到一半，又用卸妆水擦掉，前后左右地打量，整张脸显出一种肃穆娴静不争的白。

这下她满意了。

她提起行李箱。

他结婚了吗？

还单身吗？

既然要走，可以走向他吗？

期待是这世界上最可怕的东西，因为大多数时候它们都会落空，把一颗心带到半空又狠狠地摔下。她急忙遏制住自己的念头，想着所有可能想到的情形，想着自己究竟为什么要去见他。

或许可以和他说说窘况，找他帮忙，那么就算离开，她也不欠这夫妻一场。

不知是特地找的相见理由，还是真心实意地这样想。

她终于松了一口气，在镜子前照了照，差一点忘记在脖子上戴一块方巾。她抚着瘀痕，琢磨着现在林勇不知在做什么。

她提着箱子出了门。

叫了一辆的士，对着玻璃倒影拢了拢头发。

9

新生活不是这么容易开始，就好像旧时光也不是那么容易就能结束。

她坐在车上，从玻璃车窗里看向外面，天空不知道什么时候下起了雨。透过雨滴，整座城市显出光怪陆离的样子。路旁有哭泣的孩童，有站在十字路口茫然的男男女女，他们在雨滴的透视下一点一点变形。

这些人快乐吗？有一天也会想要逃离自己的生活吗？

十年前，她也像现在这样，提着同样的行李箱，从同样狼狈的地方离开。不同的是，那会儿没有一个人在等她，她口袋里有一点钱，买了一张去美国的邮轮票，计划着钱花光了就跳进大海，在异国神秘地死去。

她在那艘邮轮上待了整整一个月，那一个月是她这三十几年的人生里最快乐的时光。

旅行的意义不是摘下面具，而是到一个陌生的地方，成为一个没有过去的人，可以戴上任何一种面具。

她编造了很多身份，时而是去异国求学的富家女孩，时而是千里寻夫的年轻妇人，她扮演过服装设计师，扮演过从巴黎学成回来的艺术家。她每天晚上都会到酒吧里点一杯酒，和同样单身而来的客人闲聊。她不会画画，却用炭笔替贵妇画肖像。她没有孩子，却和年轻的妈妈谈育儿。她还和工程师讲设计，和鬼佬说英语，英语是她以前在工作的时候和客人学的。那个客人喜欢聊天，宁愿多花一倍的价钱买她的钟却什么也不做。

她好像在戏弄着这个世界，可这戏弄里却又带着真诚。她在那一个月的时光里，常常恍惚地觉得自己和自己扮演的那些人并没有什么区别，自己或许也可以拥有那样的人生。只要运气再好上那么一点点，人生再延长那么一点点。有好几次，她差一点就要被拆穿了，她假装自己是另一个人的时候，却碰上曾经一起聊过天的"旧相识"。但她没有一点尴尬，一个要死的人不会害怕，而一个不会害怕的人总是能显出坦荡的样子。她享受着这一切，直到船开到公海，她遇见了他。

她用仅剩的一点钱买了筹码，穿着上好的衣服，混在那些头等舱的旅客中间。

她想，如果赢了，就再多玩几天。

如果输光了，她就自杀。

她选了 21 点的桌子，从前没有玩过，不知道规则，只是认得扑克牌，便任性地坐在牌桌前，把命运拱手交付出去。那一晚她运气不好，很快就输到只剩最后一个筹码，她把筹码往桌上一丢悻悻想要离开。

一双手拉住了她。

"小姐，第一次玩吗？"

她抬起头。

那是一双有着少年般纯净的眼睛。

她看着他笑了笑，随即点了点头。

他说："你还有一个筹码，我教你吧！"

她迟疑了一下，又点了点头。

他教得很认真，她却学得很马虎。

他在同她讲概率，讲押码。

而她的大部分心思不在这里。

他们后来陆陆续续赢了一些，又输了一些。

玩得并不算尽兴，但散场的时候，他还是邀她去酒吧喝了一杯。

你总会遇见什么人，好像曾经在哪儿遇见过，好像冥冥之中吸引着你。

就像当下。

他问："你一个人？"

她说："是。"

他问："去美国做什么呢？"

她说："读书。"

他说："家里有人在那边？"

她说："有的，一个远房的表亲。"

她答得如此流利，连自己都要相信自己真的是那样一个人了。她的想象力飞驰起来，对调皮的愚弄兴致盎然。她告诉他，她去美国主修人类学。他们还聊起了爱因斯坦，她说爱因斯坦如果去写小说，那么恐怕就没有一众作家什么事了。他被说得一愣一愣的，时而跟着她一起笑，时而跟着她一起闹。

他不太能喝，两杯酒下肚，脸就红了起来。她觉得有趣，假装无意地劝他多喝一些，但他却一改之前配合的态度，任她再怎么劝也不沾一滴。不知是他看明白了她的把戏，还是担心出糗，她觉得有些没意思，找了个借口要走，他执意要送她。

她绕过四人间，和他并肩走到了头等舱。她随意指了一个门牌号，他们在门口分别。她目送他走远，正准备离开，他又回过头来。

他说："认识你很高兴，明天能请你吃饭吗？"

她没有回答。

他说："我叫徐立，你也可以叫我 Chuck。"

她说："我叫白灵，你也可以叫我，叫我 Max。"

"这个名字通常都是男生叫的呢。"他笑了起来。

她心里有一些慌，红着脸站在那儿。

他又说："你很独特哦。"

她松了一口气，说谢谢。

那天，她跑到甲板上，在船沿边待了很久。海水是蓝黑色的，不时拍到船身，泛起白色的泡沫，泡沫一朵一朵裂开，映着月光，像他的眼睛。她终究还是没有跳下去。这让她后来常常感到后悔，若是没有遇见他，她恐怕已经是太平洋底一个快乐的游魂。不过，谁知道呢，不到最后一刻，你永远不会知道遇见那个人是你的幸运还是不幸。

她茫然地回到自己的房间，狭小的床位上堆着衣服。对面铺上带孩子的妈妈发出鼾声，孩子还没有睡着，瞪着大眼睛看着她。她摸了摸孩子的头，说晚安。

月亮落下去，太阳升起来。

第二天，徐立早早地就在餐厅等她，等了她很久，她没有来。他便去她房间找，开门的是一个金发碧眼的女鬼佬，徐立问她："Max 在吗？"

女鬼佬摇摇头，徐立又说，她叫白灵。女鬼佬一把关上门，徐立还要再敲，白灵却从走廊那一头提着裙子跑了过来。

她有些气喘吁吁的样子，徐立眯着眼睛看着她。

她挽过徐立的手臂，说："你想请我去哪个餐厅吃饭？"

10

两人吃的是北京烤鸭，面皮里卷起外焦里嫩的鸭皮鸭肉，蘸上甜面酱，甜面酱入乡随俗般带着点奇怪的咸味儿。俩人都没有多吃，大部分时间在吐槽和聊天。吃完饭又一起去打网球，她不会打，他就手把手教她。他们离得很近，能够闻到彼此身上的气息。

他说他的过去、他的现状，晚饭的时候他换了一身考究的衣服，看起来像个正儿八经的有钱人。她兴致不是很高，他有点慌，有意无意地在她面前透露出自己的家世。他说他有一家公司，公司很大，手头养着很多人，他还说他们公司设计出的作品参加过很多很有名的国际赛事。

她心里好笑，明白了他的意思，不想看着他失落，就做出配合的样子。

他像一只发情的雄孔雀，急急忙忙地开着屏，抖着一身羽毛，生怕不能在有限的时间里让对方多看一眼。像他这样的有钱人，身边应该不缺女伴，为什么会表现得这么生疏呢。后来她又想，大概是他太忙了，忙到大多数时候都是孤独的，又或者，这样的方式在他的生活圈子里最方便有效。她端详着他脸上那双与言谈格格不入的少年眼眸，不由得伸出手去，两个人都愣了一下。

那天吃完饭，他邀请她去他的房间。她拒绝了。他没想到她会拒绝他，有些郁闷，又送她回去。他冷落了她两天，她一度以为他不会再回来，谁知他又来了。他换掉了考究的衣服，不再谈论自己，却问起了她的情况。她真真假假地和他说着，沉浸在自己构建的角色里。若不是在这样封闭的环境下，他一定很快就会有新的际遇，这她知道，可这环境将两人捆绑在一起，成全了他，成全了他们彼此的试探与了解。

底层的调皮狡诈他不懂，他满怀新鲜感地跟着她一起捉弄那些装腔作势的男人与女人。他们一起在赌场里赢牌，在冲浪池里冲浪，在甲板上晒太阳，而后一切就都变得自然而然。他们上了床，先是在他的房间，后来他又说要去她的房间。她不慌不忙地偷来女鬼佬的房卡，衣橱里那些格格不入的衣服和摆设让他嘲笑她的品位。

他们就像情侣一样，出双入对，有好几次她都要对他和盘托出了。在他们最接近的那一刻，她甚至觉得自己是能够被他接受的，她的过去，她的现在，她可能的未来。

11

那是一场很正式的会面，餐厅里的长桌上坐了老老少少将近十个人，坐在主位的是徐立的母亲，她没想到他会带她来这里，一下子慌了。他却没有意识到这一点，在餐厅里隆重地介绍她，所有人的目光都聚集在她的身上。

人有了期待，就有了软肋。

她想像从前那样谈笑风生，可在说起自己的时候却感到心慌。她人生中第一次被自己构建的身份羞得面红耳赤，变得好像不像是她自己，她坐在座位上努力挤出笑容。有人问她申请的是美国的哪一所大学，她的脸竟然开始发烫，好半天才脱口而出斯坦福。那边立刻有人说自己也是在那里念的书。她不记得那天她到底说了什么，做了什么，只记得那些尴尬的眼神留在了她的脑海里，虚构的快乐没有了。除了徐立，仿佛浑然不觉，散场的时候，依旧孩子一般拉着她要去消食，她叹了口气。

"消食最好的方法可不是散步。"

"那是什么呢？"

"想知道你跟我来啊。"

他脸上露出心知肚明的笑。

她带他去了女鬼佬的房间，一改往日的那种和风细雨。他很惊讶却没有多问，享受着这份神秘。他吻着她的嘴唇，吻到深处，她忽然咬了他一口。他急忙推开她，问道："怎么了？"

她笑着说："这样你就不会忘记我了。"

两个人躺在床上说着话。

一直说到他精疲力竭地睡着了。

她端详着他的脸，小声地在他耳边道了一句再见。

她等了很久，期待他忽然清醒过来，拉住她，问她这一切是怎么回事。可是他没有，他睡得太熟了，脸上还挂着笑。

她只好穿上衣服，悄悄地离开。

待到女鬼佬回来，她早已消失得无影无踪，留他一个人尴尬解释，不明所以。

那之后，她待在房间里啃着面包，没有再出来过。他满世界地找她，把每一个房间都敲了个遍，却偏偏还是错过了她。

当你存心不想让一个人找到的时候，他又怎么能找到呢？

一周后，船到达了目的地，她换了一件不起眼的衣服，和同房的女人结伴而行。她看见他在出口处来回张望，黑压压的一群人，但他终究还是没有看见她。

就像是一个梦。

她只是没有想过，他还会再来找她。

12

雨渐渐小了下来，待出租车行驶到目的地，雨已经完全停了。

白灵看着窗外，北方的夏季，不常有落雨，难得的一场倒是让空气都变得清润不少。

车子停了下来。

她深吸一口气走下车。玻璃橱窗里徐立已经坐在了那边。他还像从前那样，不喝酒，不喝咖啡，点了一杯冰柠檬。她一眼就看见了他。

比起十年前，他老了一点，但那双眸子和笑容却还是少年般的。她缓缓步入大厅，他站起身，对她行着注目礼。

两个人一起落座，他问她："这几年过得好吗？"

她下意识地捏了捏脚下的行李箱，说："还好，你呢？"

他说他快结婚了，但总是忘不掉她，或许他并不适合结婚。他从包里掏出未婚妻的相片给她看。她认真地端详着，那眉眼是温顺好看的。

她问他她是做什么的。

他说她在斯坦福念的人类学。

她笑了，他也笑了。

他说："你当年骗了我。"

她说："是的。"

就像老朋友叙旧，似乎有什么都可以慢慢讲出来。两个人喝了东西，吃了饭。又去公园里划船，太阳出来，晒得彼此的脸都红彤彤的。划累了，他们就把船随意地停下。船顺着水越漂越远，漂到了看不见其他游人的地方。两个人你盯着我，我盯着你。

他解开她的方巾，看见了她脖子上的瘀痕。

接着，又解开了她的纽扣，身上也有一些。

他用嘴唇拂过带着青紫的皮肤，她闭上眼睛。

蝉鸣在耳边响着，一浪高过一浪。风轻轻吹过来，夹着湖水温润的湿气。

她说："你老了一点。"

他拿出戒指给她戴上，说："换一个未婚妻，现在还不晚。"

月亮慢慢爬上树梢。

他们依偎着，有一波没一波地说着，说着说着都笑了。

她问他是怎么找到她的。

他从身后的小包里掏出一封信来。

信里是她的相片和地址……

她接过信，一眼认出那是林勇的字迹。

她皱起了眉头。

他问她怎么了。

她说没什么。

晚上九点半的飞机，俩人一起到了机场，她提着行李箱说要去一下洗手间。他在候机室里等着她。广播登机信息的时候，她还是没有出来。他找了好几遍，在空空荡荡的候机室里一脸茫然。

那条不到一百米的小弄，她走了很久很久才到家。

林勇赖在沙发上，像是知道她会回来似的。

桌上摆着芋泥，芋泥边上还放着她平时独用的碗筷。

她盯着他摇摇头笑了，笑着笑着又流出了眼泪。

他帮她把眼泪擦去，说："你错过了。"

这世上还有谁比他们更了解彼此呢？

落了雨的夜，睡在凉席上觉得更凉了。

林勇从衣橱里拿出一床薄被，却看见白灵正盯着天花板上那个黑点。

他问她在看什么。

她指了指那里。

他说："那是什么？"

她说："不知道，看了挺讨厌的。"

他会意地点了点头。

第二天，林勇便买了油漆，替她把那个黑点刷了下去。雪白的墙壁上就此再没有瑕疵。那一年，她36岁。

少年

1

一个完美的女人应该是怎么样的呢?

林杰站在窗边,看着小区楼下来来往往的女人。

在这样一个年纪,他对女人的遐想几乎无时无刻不充斥在脑海里。

他躲在窗户后面,全心全意地观察着。

在不算平整的玻璃窗的透视下,那些女人显出千奇百怪、神秘莫测的姿态来。

她们有的穿着漂亮的裙子,目不斜视地走在路上;有的顶着经过一天疲倦后已经衰败的妆容步履拖沓;有的穿着睡衣睡裤趿拉着拖鞋,自在得就像在自己家中;还有的……林杰的目光落到一扇白颜色的窗户前，泛黄的墙，猩红的窗帘显得尤为显眼。林杰的目光被牢牢地吸引住，擦拭得锃亮的窗框暗示着这间空置的房子终于搬来了新的住户。

是什么样的住户呢？

他的好奇心被勾起，久久地凝视着。终于，窗户里伸出一截手臂来，那手臂白细修长，手指上涂着猩红的指甲，是个女人。林杰的好奇心更甚了。窗帘被拉开，女人的脸显露出来。因为距离太远，看不清她的真切模样，但依稀可辨的是她身体的曲线，薄薄的肩膀上挂着酒红色吊带睡裙，一头乌黑的长发披散下来。

女人抬起头，将窗帘挽好。林杰还想再看，房里传来了咳嗽的声音。

"阿杰，阿杰！"

房子的隔音效果似乎不好，对面的女人好像听见了一般，对着他笑了一下。

林杰不知道是不是自己看错了，那笑容就像五月里的阳光。他的心咯噔一跳，急急忙忙跑开了。

光线便陡然暗了下来。

2

卧室里弥漫着一股中药的味道。母亲躺在床上，眼睛闭着，皱纹一条一条爬在脸上。

分明抹过粉的皮肤仍旧耷拉着，若不是胸口的起伏，她竟不像是个活人。

房间的味道有些大，林杰踱步到另一侧偷偷开了一扇小窗。微风吹了进来，母亲睁开眼睛。

"开窗户会着凉的。"

"呼吸一点新鲜空气。"他尽量用温和的声音说话。

母亲摇摇头，消瘦的脸庞严肃又认真。林杰只好在窗前狠狠地嗅了一口，关上了窗户。

她身体还有些虚弱，刚做完手术，结束了最后一期的化疗。

乳腺癌，这是第二次复发。

疾病和生活压力让她的脾气变得有一点坏，好在脸上还能看出之前美丽的痕迹。或许是工作的原因，她身边并不缺乏男人，这一度让林杰感到脸上无光。他没有父亲，他在那些男人中寻觅过自己的父亲，但母亲说了，他们中没有一个是他的父亲。

不知为什么，那段历史在母亲的心中似乎是一个不能被提起的污点。渐渐地，他也不再提起，也将这视为污点。

门铃响起，林杰起身去开门，门外站着一个宽肩膀的中年男人。

他和林杰打了个招呼，林杰小声叫了句"胡叔"。

母亲慢慢踱步出来。她已经换好了衣服，重新补过妆容，描了口红，看起来没有刚才那么虚弱了。她似乎忘了外面有风，径直走出门去。胡叔打开车门，车子因为剐蹭，新添了好几处斑驳。

母亲上了车，和林杰道了别。

他们要去日式酒屋。

年轻的时候她在那里工作，从酒水小姐一直做到领班，那不是一份光鲜的职业。母亲喜欢把这不光鲜推给林杰，说是为了养活他。这一度让林杰感到内疚，可后来他发现她自己其实喜欢那样的工作——烟酒、氤氲缭绕的迷离以及嘈杂的人群。在这十几年的时光里，她断断续续也换过几份工作，可最终还是回到了那里。

或许这就是父亲离开的原因，林杰这样想。

她不是个好女人。

有些女人，生来就不是好女人。

车子驶远，胡叔在后视镜里对着林杰挥了挥手。

3

好女人是怎么样的呢？

林杰的脑海中浮现出对面那个女人的脸，模模糊糊，然后是女人的肩膀和手指。

母亲走后，他打开窗户，整理了一遍房间，给自己煮了一碗面条。他要赶在傍晚太阳落山之前去超市上班。超市的工作很无趣，可却能带给人安全感。

他其实早就能养活自己了，但母亲总愿意以他为借口，上班是为了他，辛苦工作是为了他，生病也是为了他。在她第二次复发的时候，他甚至隐约希望她死掉，这样就不用事事再为了他。

他被自己的想法吓到，努力遏制，可这想法依旧根深蒂固地长在他的脑海里，他只好更无微不至地照料她，以此来弥补心中的内疚。

超市里。

林杰机械地推着推车往货架上摆货品，一双猩红的指甲从他眼前掠过。他心里猛地一跳，抬头看见了那个女人。这一次看得真切起来，细长的眉毛，高挺的鼻梁，单眼皮却不显小，那张脸出乎意料未施粉黛，衣服平凡到近乎简朴，除了那隐约的身形透露出她是那条猩红窗帘的主人。

她推着购物车。

林杰鬼使神差地就跟上了她。

她有些与众不同，可又说不出与众不同在哪儿。

他不知道自己为什么跟着她，但却像着了魔似的。

他想看看她买了些什么。

又或许仅仅只是好奇，想看看她。

她踱步到生鲜区，称了两斤冻鱼、两斤排骨，他便跟着她到了生鲜区。

她又绕到蔬果区买了西红柿和佛手柑。

她在摊前熟练挑选蔬果的样子就像是一个完美的主妇，西红柿个个都要小而红的，佛手柑不时放在鼻尖前嗅一嗅。

他注意到她的推车里还放着一盒卫生棉条、一盒女士内裤。

内裤是纯白色的，他猜测她是个爱干净的人，现在正在生理期。

她那略带苍白的嘴唇，印证着他的想法。

他的好奇里又多了一点怜惜。

就这么一路跟着，他跟着她来到了收银台，她掏出自己的钱包。电话响了，她接了起来。不知电话里的人说了些什么，她眉眼中露出焦急的神色，匆匆结了账，却将钱包落下了。林杰忍不住想，电话那头的人是谁。

会是她的孩子吗？

看她三十出头的样子，或许已经有孩子了。

又或者是她的恋人，她的朋友、父母？

想到恋人这个词，林杰的眉头皱了皱，他拾起落下的钱包，悄悄离开。那是一个寻常的钱包，人造革的，不知名的小品牌。他趁着搬货的空闲时间仔细端详着，钱包里有为数不多的几张零钱，还有一张一寸照，照片看起来有些年头，一个清秀的女子，是她本人无疑了。

林杰将照片拿出来放进自己的口袋里，他又看了看她证件上的名字：陆芸。他小声地读了出来，牢牢地记在了脑海里。

不知是先对一个人好奇而后才产生喜欢的感觉，还是因为一触即发的喜欢，便觉得处处都好奇？

临下班时，员工购物结账，林杰不知怎么，买了一盒同样的内裤。从小和母亲住在一起，他见过太多内裤了，花俏不实的蕾丝，颜色绮丽的，都不像这个。他回到家里，小心地把它们展开来，柔软的棉质轻轻地盖在肌肤上。他笑了，想起她的名字，陆芸，他觉得像她那样的女人，就应该叫这个名字。

4

林杰揣着思念睡着了,到了后半夜,他被母亲回来的声音吵醒。汽车停在外面熄了火,听脚步声,进门的是两个人。

尽管他们克制着不发出声音,可林杰还是醒了。他听见他们关上了卧室的房门,听见了几声若有若无的呢喃,紧接着便是床铺吱吱呀呀的摇动声。

夜晚的鲜活与白天的暮气沉沉在这座房子中营造了两个时空,林杰觉得母亲几乎有一点下贱,只能在这种腐败里绽放,而这种绽放没有旁人也忘却自己,是比自私更自私的存在。林杰有一些恼怒,刻意要给他们难堪似的爬起了床,他粗手粗脚进了洗手间,把抽水马桶狠狠地翻起来又盖下去。伴随着冲水声,卧室里有了那么一刻消停,可很快又卷土重来。林杰觉得母亲在折磨自己,她弄垮了自己的身体,毁掉了自己的生活,却把一切都归咎于他,好像她的放荡是为了养活他。

那惹人厌烦的声音越发搅得他睡不着,他索性爬下了床,踱步到阳台,下意识地朝那扇窗户看去。出人意料的是,窗帘里竟还隐约亮着灯,朦朦胧胧的剪影,他看见了两个人,一个是她,另一个像是个男人。

两人面对面坐着,男人时而站起来,时而坐下去,肢体动作有些大,似乎在争吵。而她始终坐着,低着头,不时用手掠过脸颊,就像拭泪。

他在伤害她吗？

他的心提了起来，打开窗户却听不见争吵的内容。

纵使隔音效果再差，如果是半夜，也不会大声喧哗。

他迟疑了大约有半分钟的时间，匆匆披了一件外衣就出门了。

不知是怀着怎样的心情，他爬上了她的楼梯，好像要伸张正义，好像从心底涌起了一股保护欲。可到了门口，他能听见的却只剩下抽泣声，含糊激动的指责声渐渐没有了，再后来连抽泣声也没有了，灯灭了下去。

敲门的手因为不愿打扰又停在了门上。

夫妻？恋人？或是她的别的什么人？

他决定在她门口坐一会儿，想确定她真的安然无恙。他感到自己怀着使命，就像一个骑士一样，然而困意却席卷而来。少年人的睡眠深沉，他很快就睡着了。一直睡到第二天早晨，房门打开了，那个男人狐疑地看着他。

"你是谁？"

他睁开眼睛，一张四十多岁的脸展现在他面前。沉着的眉宇让他一下子露了怯，脑子一片空白，他不知该说什么，不知该怎么解释自己突如其来的保护欲与担心。

两个人僵在了门口。

直到那个女人给他解了围。

"这孩子住在隔壁栋，也许是喝醉酒走错门了！"

男人皱起眉头，打量了他几眼，又看了看表，匆忙离开。

女人端详了他一会儿，笑了。

"我认得你，你吃过早饭了吗？"

他不知该回答什么。

女人说："还没吃的话，就进来吃吧。"

他就这样跟着那个女人进了她的家。

桌上是非常丰盛的早餐，只有在酒店和过年时才能看见的花馍、豆浆牛奶，还有进口的燕麦片。

她的手很巧，胡萝卜和彩椒被摆成了心形，煎蛋浑圆饱满像是被刻出来的，餐桌上铺着碎花棉麻，一股居家的烟火气息，令他不由得咽了咽口水。

女人坐在桌旁看着她，不一会儿，为他拿来了碗筷。

他甚至都忘了客气，那食物入口的味道，就好像是一种暖暖的温情涌入了身体里。

女人替他吹了吹刚煲出来的粥，放到他的面前。

中式的，西式的，他一直吃得肚皮滚圆才想起来这份早餐原本是为谁做的。

不是为了他。

他的心里有那么一点点嫉妒，嫉妒那个四十岁的男人，有这样一份殊荣能吃上这样的早点。

可他为什么一口都没有动呢？

大概是被什么急事唤走了。

他看了看墙上的时钟，不过六点一刻。

女人仍然笑着看他："为什么跑到我家里来？"

他的脸一下子红到了脖颈，搜肠刮肚地想着理由。他最后终于想到了那个钱包，他把钱包从口袋里掏出来，递给了女人。

女人愣了一下，去自己的提包里翻找，这才意识到钱包没了。

"我上夜班，在超市里捡到的。"

女人接过钱包说了一句："谢谢你。"

他擦了擦嘴巴，转身离开。

他走了几步回头。

"陆芸。"

她点了点头。

"你叫什么？"

"阿杰。"

5

之后的几天，那个男人都没有来。

林杰养成了在阳台看那扇窗户的习惯，早上看，晚上看，眼睛一睁开，就迫不及待地去看。他发现她每天早晨六点起床，夜里十点睡觉，早晨起床后她会在客厅练半个小时瑜伽，晚上八点她会准时出现在超市。她大多数时候一个人生活，可每天都会买很多菜，新鲜的绿色蔬果，鱼、肉、鲜虾。他想象她站在炉灶旁，炊烟一点点升起。他对她的好奇渐渐多了起来，他忍不住会想，她每天做那么多花样的菜都是为了他吗？他又是她的什么人？

他还发现，她在外面总是穿着朴素的衣服，可一回到家就截然不同。她的美仿佛与任何人无关，只为了她等待的那个人。她会换上蕾丝的吊带睡裙，换上薄纱一样的袜子。有好几次，他看她穿着绮丽的外族服装，戴着硕大的耳环与项链，静静地坐在窗边看一本书。她看着看着会抬起头，往外望一望。

林杰的心脏就好像轻轻地漏跳一拍，发出轻微的疼痛。

他从来没有过这样一种感觉，他开始刻意在她出门的时间出门，在她去超市买东西的时候跟着她。他想和她说话，可每次话到嘴边又不知该说什么，只是憋红着一张脸，假装不经意。她看透似的笑一笑，温和的，带着鼓励和安抚。或许这辈子他都不会和她有什么真正的交集，可没有想到机会却在这时候来了。

一场春雪，下得比严冬更甚。

大片大片的雪花落到地上，扑簌扑簌被踩实又结成冰。气温陡然降了十几度，乍暖还寒，冻得人都不愿意出门。母亲连酒屋也不去了，成天躺在床上，天气一变冷，她动过手术的刀口就生出疼痛。房间里的暖气发出微不足道的温度。他们不得不又开起空调，门窗都被关闭得很严实，那种死气沉沉的腐败味道弥漫在整座房子里，搅得林杰颇为厌烦。他不由得又去看那扇猩红的窗，然而，这次却没有看见她。早晨六点，窗帘没有被拉开，窗户里没有她忙碌的身影，她去哪儿了？他心里一下子空荡荡的，好像经历了什么又失去了什么。他耐着性子，傍晚满怀期待地来到超市，仍旧没有看见她。他把超市逛了个遍，生鲜区、蔬果区、日用品，转了一圈又一圈，失落的心情渐渐变得焦急起来。他去了几乎每一个她会去的地方找她，然而除了满地素白，什么人影也没有。

他怕她搬走了。

怕她去旅行了。

怕她生病了。

最怕她出事。

不知是少年的心充满了想象，还是当你爱的那个人失去消息后想象力就会膨胀起来，他回到家，躺在床上，脑筋却像是被什么给勾着了。

辗转反侧到后半夜，他终于忍不住又出了门。

雪已经停了，但积雪却堆满了小区。

不远处有小孩堆的雪人，红眼睛，红鼻子，在夜色里看着极其可怖。

不到十五米的距离，他却觉得自己走得格外久。风呼呼地吹着。

他爬上楼梯，在她家门口站定，他害怕自己冒失，犹豫了许久，终于还是担心占了上风，他伸出手去敲门。

"陆芸？陆芸在家吗？"

房门内一片寂静。

楼道的窗户开了一个口子，伴随着风的呼啸。

他敢确定，整个白天，她的房门都没有打开过。

谁会在夜里离家出走呢？

他的敲门声变得沉重起来，手被擂得生疼，可屋内还是如死寂一般。他朝走廊那侧的窗户看去，零零星星的衣服晒在阳台，他的不安增多起来。

他了解她的习惯。

她不可能把已经干了的衣服晾在阳台上，不可能在离家之前任它们悬挂在那里。

她到底是怎么了？他的手心冒出汗来，目光不由得瞥向楼道打开的窗户。

窗外的防雨檐一直通到她家的阳台，他迟疑了大概有五分钟，终于深吸一口气，慢慢地爬上了窗户。

下过雪的地冰冷湿滑，他的手有些颤抖，脚也是。她家住五楼，而防雨檐的宽度却只够一个侧脚。

他闭了闭眼睛，还是伸出脚去，从上往下望，白茫茫的一片，他赶紧把目光收回来，一步接着一步，一点一点用手抓着凸出来的墙砖。他都不太记得自己后来是怎么打破窗户，怎么跳进她家里的。他只记得，进去的那一刻，房间里几乎和外面一样沉寂，冷，比外面还冷。好在仔细听，他能听见微弱的呼吸声，他的心跳加快起来，顺着呼吸声到了她的卧房。

"陆芸。"他一边唤着她的名字，一边上前，拨开她脸上的乱发，那滚烫的体温传来。

暖气不知什么时候坏了，她蜷缩在床上，早已失去了神志。他把她抱起来，被子从身上滚落，那丝制的睡裙蹭着他的手臂，还有那柔软的胸脯。他愣了可能足足有一分钟，端详着她的皮肤、她的脸、她的五官、她的睫毛。他好像被什么东西抓住了，动弹不得，一直到她打了个寒战才清醒过来，他急忙脱下自己的棉袄，替她裹上，随即背着她下了楼。

他叫了出租车去医院。医生说是急性阑尾炎引起的腹腔感染和休克，需要做手术。他在手术单上签了字。与患者关系那一栏，他思考了很久，为避免尴尬，还是写下了弟弟。

他当然不想只做她的弟弟，对于像他这样的少年，在抱起她的那一刻，连与她共度一生都想好了。

6

没有人想到他会以这样的方式进入她的生活，他近距离地端详着她，带着感激和雀跃。他一整夜都守在病房里，不时为她量量体温，掖掖被子。到了天亮她还没有醒，他便去超市请了三天假，其间还为母亲取来了快递，做了饭。

家里衰败的味道依然，但却不再让他感到心烦，临出门他甚至还好心地对那个前来看望母亲的胡叔笑了笑。

那是一种什么样的感觉呢？

好像全世界都充满了阳光。

他成了她在这个世界上唯一的亲人，就这样，一直守着她。直到第二天，她才清醒过来。

她抬起眼看了看，有那么一恍惚的时间，随即明白过来，对他说了谢谢。

她的嘴唇是苍白的，整个人看起来比平时瘦了一大圈。他替她拿了电话，她拨了几次同样的号码，不是忙音就是匆匆挂断，好不容易接通了，她却捂着话筒。

她尴尬地笑笑，看了看门外。他明白她的意思，关门出去了。

不知道两个人在电话里面说了些什么，有一会儿静得可怕，有一会儿又发出轻轻的啜泣声。等到他估摸着时间进去的时候，电话已经挂断了。她别过脸，沉默地躺在床上，他没想到她看起来竟会这么孤独，这孤独把他的心搅出了酸楚。他不知该做什么，只好用沾了水的棉签替她湿润嘴唇，用热毛巾帮她擦脸。

她一直看着窗外，看了很久。

他说你别担心，很快就会没事的。她回过头来笑了笑，说要吃馄饨。

他告诉她，医生说她的肠胃还没通气，不能吃东西。

她说她想闻闻馄饨的味道。

像她这样不愿意麻烦别人的人，怎么会就因为想闻闻味道就随意差遣人。他后来想到了，可当时却没有，他总觉得应该为她做点什么，为她做什么都嫌不够。

他骑了一辆自行车匆匆出去了。

南边的馄饨小，一粒一粒包着精瘦肉；北边的混沌大，除了精肉还混着虾仁白菜。他不知她喜欢吃哪一种，索性两种都买了。他怕天冷，食物很快没了热气，还小心翼翼脱下羽绒服，将馄饨盒包进羽绒服里。他想着，虽然自己不吃，可热乎乎的味道闻起来总是比冷冰冰的要好。他揣着快乐，小心翼翼、四平八稳地把馄饨送进了医院，端进了病房。

"馄饨买来了！"他对她说。

她没有回答，闭着眼睛，脸上显出不正常的惨白。他看着她，她睡着了吗？正犹豫着要不要唤醒她，褥下有"滴滴答答"声音，好像有什么东西在往下滴。他低头一看，一整碗馄饨打在了地上。血，全部都是血。

他掀开被子，她的手腕豁出一个大口子，鲜血从里面不断地涌出，把被褥都浸透了。一把水果刀被她小心翼翼地藏在了一边。

他急着大喊起来。

"医生，医生快来。"

是因为那个男人吗？他有些沮丧，可这沮丧并不能阻碍他的感情，相反，却将他的爱衬托得更深刻了。

他的心底萌生出一种拯救欲，好像如果她身边的人是他，一切就会变得不一样起来。

她又被推进了抢救室。

医生缝合了她的伤口，给她输了血。

他握着她的手说："我哪里也不会去的。"

7

这世上，大概只有孩子的爱才会如此深沉无私，如此死心塌地。

他怕会再失去她，于是寸步不离地跟着她，就连上厕所也要转过身去站在外面。他不敢看她，却要和她说话。要是她在里面待得久一点，没有回答，他就要转过身去敲门。她不知是被他搅烦了，还是真的想通了，信誓旦旦地向他保证，再也不会做那样的事情了。他再三确定，直到她赌咒发誓，他才笑了起来。他说："你不那样想最好，什么都会过去的。相信我。"

他做出深沉的样子，她不禁摸了摸他的头发。

慢慢地，他们更加熟悉起来。

他鼓起勇气问她为什么要死。

她说不为什么。

他问是不是因为那个男人，他有家室，有很好的地位，是不是因为他不要她了。

她唏嘘地叹了一口气，说："都过去了，就不提了吧。但还是要谢谢你。"

怎么谢呢？

她带他去了她家。

暖气开得很足，她穿了一条红颜色的裙子，描了眉毛，涂了口红，当着他的面系上围裙烧菜。

她切胡萝卜，切牛肉丝，不时用手背挽一下头发，那个姿态美得不像是在烧菜，倒像是在聚光灯下跳舞。他看怔了，连她剥了一只熟虾放进他的嘴里他都没有回过神来。

年轻人的脑子太过简单又太过复杂，复杂到自己都还没明白，却简单到总能被人一眼看穿。他嚼着嘴里的鲜虾，嚼出了家的味道，嚼出了神圣感。他的眼睛几乎离不开她，她的每一个动作都被放大在他脑海里。她看着他笑了笑，不急不慢地端上一道又一道的菜，末了，坐下来，往酒杯里替他倒上酒。

他说："我不会喝。"

她又笑了，说："酒不一定是用来喝的。"

"那是用来做什么的呢？"

"用来犯一点无伤大雅的错。"

她轻轻用杯子碰了一下他的杯子，自顾自饮了起来，他跟着她喝了一口，有一点酸，有一点涩，又有一点甜。

他想和她聊一聊，可是她却像是不想说话似的，很快就把自己弄醉了。

她双颊绯红，轻轻地倚着桌子，说："扶我进房间吧。"

他揽过她的手臂，她便把整个人都贴在了他的身上。

卧室的门不知是谁关上的，狭小的空间里一下子充满了荷尔蒙的气息。她捏了捏他的耳垂，毛茸茸孩子一般的耳垂。

她忽然停下手，问：

"你今年几岁了？"

"十九岁。"他回答。

她笑了笑："真年轻。"

她随即躺倒在床上。

裙子爬到了大腿上，不动声色地露出白皙的一截。

他的呼吸急促起来，却一动也不敢动。

她拍了拍一边的床，带着鼓励。

他往前走了一步，他摸了她的脖子，摸了她的锁骨，他的手继续往下，可是，就在触碰到的那一刻他收回来了。

他说："你好好休息，我明天再来看你。"

他跑得那么快，快到她连阻拦都来不及。

他为什么要跑？

她不知道。

早已过了少年时代，她猜不到他幻想过无数次的场景会令他胆怯，猜不到他怕自己表现不好，怕会伤害到她，怕不够完美。

他怀揣着这份难以言喻的沉重，一口气跑到了家。

母亲问他："你回来了？"

他点了点头。

母亲说最近身体不舒服，他"砰"的一声关上了房门。

他躺在床上辗转反侧，他想着和她的第一次应该做怎样的准备。他懊恼着，憧憬着，担心着，焦虑着。他睡不着，跑到镜子前来回踱步，一会儿看看自己的身体，一会儿看看自己的脸。

稚嫩，满脸都是讨人厌的稚嫩。

他计划让自己看起来更老道一点，像个能和她匹敌的大人。

他没有意识到，那正是他身上最可贵的地方——没有经验。

第二天，他特地留起了刚刚长起来的胡子。第三天，他把孩子气的连帽衫一股脑儿扔了。第四天，他学会了抽烟。第五天晚上，他觉得一切都准备好了。他去了酒吧。

8

对于年轻人来说，性不是一件稀缺品，你不用为它付出什么代价，你唯一要付出的是你自己。

林杰坐在吧台，很快便有人过来找他搭腔。他装作沉稳，但在这片氤氲和喧嚣下，他的青涩几乎要发出光来。

前来搭讪的是一个三十出头的年轻女人，穿着紧绷的牛仔裤，浓妆，贴了好多层的睫毛看起来像一把小扇子。林杰尽量直视着她的眼睛，可还是会在不经意间移开。女人假装没有意识到他的年轻，像和同龄人说话一样问林杰想不想跳舞。林杰说好。

两个人就一起去了舞池。

那里的一切都显得光怪陆离和尴尬，他不会跳，却不得不随着音乐摇摆。若不是那埋在心底的对另一个女人的爱意，他几乎就要逃掉了。可是他不能逃，他安慰自己，他需要的是一场经验，一个让自己能够长大的夜晚。他的脑海里不时涌现出那张四十岁男子的脸，他恨不得一夜之间就能在眉间和眼角长出和他一样代表着阅历的皱纹。

她爱他的皱纹吗？

他不知道，他随着女人摆动着。女人的身体不时磨蹭着他。他觉得有点燥热，两人一直跳到午夜，接着顺理成章地一起去了一家小旅馆。

奇怪的味道和喘息声在此后很多年都会忽然闯进他的脑海，他想表现得熟稔一点，可是表现不出来。他甚至不知该把手和脚放在哪里。她轻浮地笑着教他，他感到自己被操纵了，被愚弄了，被欺骗了。

这世上的一切都和性有关，除了性，它只和权力有关。在那场人生的初体验里，他失去了他的权力，他无能软弱，好像做了错事，受了惩罚，而唯一支撑他的大概就是这糟糕的一切不是和她。他回了家，在淋浴前洗澡，他觉得自己的眼睛沧桑了，身体也有了种成熟的罪恶。痛苦被期待掩盖下去，他刮掉胡子，换上干净的衣服，甚至还去超市买了一束鲜花。

这一次他是真的准备好了，他决定去见她。

他想了很多，想到了承诺，想到了要告诉她，他绝对不会随便脱下她的衣服，想到了他愿意照顾她，愿意和她生儿育女，组建家庭，愿意为了她的快乐做出牺牲和让步。他还会保证自己是一个好男人，忠贞勇敢有担当。

总之，那不仅仅是一场性事，那在他眼里是神圣的结合与誓言。

他就这样怀揣着承诺，怀揣着少年金灿灿的心步行到了她家门口，每一级台阶都仿佛让他更贴近了幸福，他的嘴角不自觉地露出笑意。他在门口整理了一下自己的衣服，清了清嗓子，抬起手敲了三下门。

门里传来了脚步声。

他深吸了一口气，努力平复紧张的心。

他期待着看见她的脸，可没想到开门的是一个男人。和先前看见的不同，四十出头的样子，身材瘦弱，穿着拖鞋，正在吸烟。

"你找谁？"他问。

他退后两步，看了看门牌号，又往里瞥了一眼，猩红色的窗帘依旧挂着，是她家没错。

他不知该说什么，男人眯着眼睛看他，在这沉默中忽然笑了起来。

"陆芸。"男人喊了女人的名字。

他捧着鲜花的手沁出了汗，植物根茎的味道混合在汗中，散发到空气中。

她从屋里出来，将他带到了门外。

他低着头。

她问他："吃过饭了吗？"

他不回答，反问她，他是她的什么人。

她皱起眉头，上上下下打量了他好几眼。

"你想从我身上得到什么呢？"

他将鲜花塞进她的手里，转身逃掉了。

他从来没有想从她身上得到什么，相反他想给予，想给她他所有的爱情，想给她他觉得最好的东西，想给她他的全世界。

他走在路上擦眼泪，这眼泪很快就变成失声痛哭。他觉得自己变成了一个小男孩，只有七八岁的小男孩。他号啕大哭，哭得肝肠寸断，哭到了家里，哭到了床上。他不记得自己哭了多久，第二天早上爬起来，才发现母亲不见了。客厅的桌上是一份复诊的材料，有 X 光片和病例。他拿起来一看，她的癌细胞扩散了，诊断日期是一周以前。

9

春天快结束的时候，林杰的母亲去世了。一米六几的人瘦到不剩六十斤，他把她抱进棺材里，本来想用很大的力气，抱起来才发现她原来那么轻。放进去的时候连棺材都显得空空荡荡的，林杰只好又放了一些她生平喜欢的东西到里面。有一盒没用完的化妆品，几件衣服，酒屋印的纸巾和帆布袋。他在众人的注视下，轻轻地在母亲的额头前吻了一吻。棺材被盖上，母亲被推进火化炉，二十分钟后，小窗里送出了骨灰盒。

林杰没有表现出什么悲伤的情绪，事实上什么情绪也没有。他不知道自己怎么了，人生所有的感情好像一下子都消失不见了。他琢磨着，或许时间长了会恢复，或许不会，他不知道，他太年轻了，没有经验。少了一个人要照顾，日子倒是轻松起来。只是那种轻松变得有些难以承受，好像浮在了半空中，没有未来，也没有现在。

再见到那个女人的时候，女人的肚子大了，走起路来摇摇摆摆像个企鹅。没有人知道孩子的爸爸是谁。他尽量不再去关注她，可她的消息还是有意无意地涌入了他的视线中，孩子出生了，孩子会走了，孩子在后面跌跌撞撞地跟着她。

她不再做好吃的菜肴，阳台上的衣服经常一挂就是很多天。她甚至不再穿简朴的衣服，脸上抹着鲜艳的颜色。好几次走在路上，他甚至都没有认出她来。据说她是去酒吧上班，孩子常常一个人在家里整夜整夜地哭。

一个好女人是怎么样的呢？

林杰趴在窗台上全心全意地观察着，他想，或许这世界上根本就没有什么好女人吧。

愿你今后，
阳光和煦

1

离家还有五公里的时候，苏岑的电动车没电了，午夜十二点，找不到自助充电的地方，附近的商店又都打烊了。她给林陌拨电话，关机，推着车往前走，偏偏又扭了脚。

人要倒霉起来，大概就是这种样子。荒郊野外，叫天不应，叫地不灵。一时没了主意，她索性坐在路边，想着会不会遇见坏人。许家瑞就在这时候突然出现了。

他开一辆黑色奥迪，驶过她的身边，驶出去十多米远，又掉头回来，他问："你是苏岑？"

苏岑点点头。

"你怎么了？"

"电动车不动了。"

许家瑞下车查看。

男人好像总得明白一点机械修理的常识才好意思说自己是男人，就算不明白，此时也不得不装模作样一番。

他动了动轮胎，动了动电瓶，末了，拍拍手，尽义务似的松了口气。

"应该是没电了。"

苏岑点点头。

"我送你回去吧。"

他把苏岑的电动车扛上后备箱，发现苏岑扭了脚，又扶着苏岑坐在了副驾驶的位置，突然的肢体接触让两个人都尴尬了一下。

毕竟他们不熟。一个月前林陌的同学聚会上他们才打过照面，礼貌性地敬了酒，除此之外，彼此再无交集。没想到，大半夜里，一眼就认出了彼此。

大概是这一眼的相认让气氛变得微妙起来，驶到苏岑住处，许家瑞把车停了下来。

苏岑说："谢谢你。"

许家瑞看向她："怎么谢？"

苏岑道："你要我怎么谢？"

好像谁也没有结束的意思。

那辆车，就又驶出了小区。

不至于轻浮到要去开房，两个人兜兜转转吃了鸭肉粥，粥里加了炒鸡蛋、卤豆腐、牡蛎、墨鱼，面对面地坐下，笑起来，还是觉得尴尬。半晌，许家瑞说："我们可以做个朋友。"

苏岑点点头。

加班到深夜的两个人漫步在午夜街头，他们尽情吐槽公司种种，又交换了各自的电话号码。

回到家时，林陌已经睡熟，桌上有一张字条：做了猪皮冻，在冰箱里。

她打开冰箱，尝了几口，或许是刚吃过鸭肉粥，竟觉得有点腻。

洗漱完毕，她蹑手蹑脚地爬上床。林陌迷迷糊糊翻过身，揽住她的腰。她轻轻把他推开，闭上了眼睛。睡梦没有如期降临，心里却有一丝莫名的躁动，好像回到了十几岁时一样。

她伸手去拿手机，收件箱里静静地躺着一条短信，许家瑞的。

"认识你很高兴。"

2

赶了两个礼拜的图纸终于完工，苏岑决定给自己休个年假。她在家里睡得天昏地暗，吃林陌给她做好的猪皮冻。

猪皮切成小块熬煮，蔬菜水果榨出汁液一层一层地浇在上面，凝固出五颜六色。她抱着一整盆赖在沙发上看电视。

林陌是长途汽车司机，身上有股常年挥之不去的香烟味，一张熬夜过度的脸总是显得疲惫。他对她好，她知道，所以这么多年，身边的人来了又去，她却一直留在他身边。

休假的第三天，许家瑞打来电话，问她有没有空。

她说："怎么？"

他答："打麻将。"

她扑哧笑出声来。

他开车来接她，在一家很幽静的小茶馆，桌上泡着上好的岩茶，另有两个陌生男女，四个人坐在一起，自动麻将桌发出"滴滴"的叫声。

摸一张牌，打一张牌，苏岑那天的手气臭得够呛。桌上至少有两个人已经听了，而她要的四条，偏偏已经打出了三张。眉头皱着，许家瑞给她使眼色，她没有应承。玩嘛，总要有点儿娱乐精神，作弊算怎么回事儿？

打了一张九万，对面的男子把牌一推，和了。

许家瑞哎呀哎呀地跺脚："你看你，差几张黄庄算了，放什么和？"

苏岑咯咯地笑。

那天，许家瑞带苏岑去吃泰国菜，浓郁的咖喱味道，黄色的灯光下，整个餐馆充满异国风情和暧昧气息。许家瑞给苏岑倒水，苏岑正好要去拿杯子，两个人的手不小心碰在了一起，谁也没有先拿开的意思。直到苏岑的手机响了，是林陌。林陌声音柔柔的，他问苏岑："晚上回来吃饭吗？我做了菠萝咕老肉！"

苏岑说："不了，约了朋友。"

挂掉电话，苏岑的心里莫名一阵内疚。许家瑞很知趣地埋头沉默。

快吃完的时候他要了一打夜猫水果酒，自己开了一瓶，又给苏岑开了一瓶。

喝着喝着，她很快就露出微醺的神态。

许家瑞说："人生真没意思。"

"怎么没意思？"苏岑问他。

"房子、车子，忙着生存，却来不及生活，有了小的，想要大的，有了大的，想要更大的。"

他问苏岑："你和林陌的感情怎么这么好？"

苏岑没有回答。他又拿出自己的手机，内屏整个是碎的。

"总是吵架，就摔成了这样！"

那晚，他执意带着苏岑去海边玩。两个人坐在沙滩上聊天，海浪一排一排地涌过来，触碰在脚丫上。

她好像很久没有和人这么聊过天了。零零星星的童年趣事，刚毕业时的青涩，爱过恨过的人。他们肩并肩坐着，年龄好像忽然飘到了很远的地方，有一点躁动，有一点心动。

有种特别青春的感觉。

3

林陌等了苏岑一整夜，眼睛熬得通红。苏岑到家的时候，他斜倚着沙发正在看电视，来回换着频道。苏岑什么也没说，径直去了浴室洗漱。洗好的时候，林陌已经准备出门了，赶长途车。

林陌说，他要一个月以后才回来。

他在苏岑的额头上吻了一下，嘱咐苏岑不要那么贪玩。

苏岑挤出一个微笑。

他们总是这样，来也匆匆，去也匆匆。这半年来更是变本加厉，几乎没有说话的时间。她在赶图纸，他去出车。她闲下来了，他便整夜的睡觉。

累，每个人都累。

她照镜子的时候觉得自己老了，不像学生时代，好几年都还是同一个样子。

有时她觉得自己可以过上更好的生活，不用加班，不用半夜在马路上推电动车，不用上淘宝淘那些廉价的衣物，不用担惊受怕他在公路上会出事。可是为什么没有呢？

明明已经那么努力，为什么还是这样？

埋怨有了种子就会生根发芽，不受控般伸向你最触手可得的人。

许家瑞这段时间频繁地约苏岑出来，以朋友的名义做所有恋人做的事。

看电影，野餐，开车到小树林里听舒伯特。他知道她休了年假，他便也休假，出手阔绰。

他长得斯文，谈吐优雅，身上有一股子淡淡的松香味。他们挨近了说话，她的心会扑通扑通跳得厉害。她越来越喜欢驻足在镜子面前，看着自己的发型、肤色。她爱上了精心准备妆奁，欣欣然赴约的感觉。存在感，那是一种存在感。

林陌每天晚上打电话给苏岑报平安，电话里也没话说，干巴巴的，不久又改成发短信。他发平安，她回收到。生日那天，他没能赶回来。她一个人在家，许家瑞跑来敲门。

他捧着一束雏菊，说："苏岑，我做饭给你吃吧。"

她说好。

他带她去了他家，两百多平米的地方，装修得很精致。他系着围裙忙里忙外，虽然手艺没有林陌好，原料却都是上乘的。红烧鲍鱼，淋了高汤汁，一点点蒜蓉，味道鲜得要命。还有飞鱼籽、象拔蚌和不知从哪儿弄来的法式鹅肝。

他说："你多吃点，都是对女人很好的食品。"

她点点头，心里酸酸的。

林陌做过最好的菜无非是酱牛肉还有猪皮冻。而且，他最近忙，总是忙，好像没有从前那么在乎她了。忙回来就睡觉，像个死掉的人。

他们喝了酒，红的，白的，黄的，不知为什么，喝着喝着都喝伤心了。他们又去了酒吧，她不记得那天自己是怎么回去的，做了什么。她只记得醒来时她躺在许家瑞身旁，没有穿衣服，许家瑞也是。她羞恼不已，急急要走。许家瑞一把拽住她说："别走，我喜欢你。"

她停了下来。

干柴烈火，竟又灼烧了一次。

4

一个是刚分了手的钻石王老五，一个是没有冒头之日的长途车司机。闺密们说苏岑的脑子坏掉了，这还有什么可考虑的。果断给自己寻一个美好未来，在这寸土寸金的城市里，有什么比房子更重要呢?

苏岑有一点犹豫，毕竟和林陌在一起四年，就算爱情走了，好歹也还有那一朝一暮的恩情，一蔬一饭的依恋，她还没想好。和许家瑞约会，偶尔过夜，和林陌发短信，她游走于两个男人之间。

许家瑞长得好看，人也大方，她对他确实有心动的感觉。可是他不如林陌体贴，他理想中的女人温婉贤淑，会做家务，会乖巧地为他洗碗浣衣，在床上，也是顺从隐忍的。而林陌对她没有什么要求，只要在家，所有的事情都是由他来做。她洗完澡，他还会拿着吹风梳子帮她吹头发。

柴米油盐久了，激情消失殆尽，有时候你看着生活中的那个人，连话都懒得说一句，直直地走过去，视若无睹。苏岑做过努力，但没有用，他们就像两只疲于奔命的蚂蚁，连交谈都是奢侈的。为了房子，她生过无数次闷气，到最后总是他来劝她，摸着她的头发说总会有的，但要需要一些时间。她跟了他四年，什么也没有看到，只是越来越忙，越来越忙。

她发了一条短信给他："我们还有希望吗？"

他过了很久才回她。

没有文字，只有图片——他站在蓝天雪山还有草原之间。

她问他："这是哪里？"

他说："西藏。"

她没想到，他每次开车运货竟然是去那里。

西藏。

很长一段时间之内，林陌没有再和她联系。年假还没有结束，许家瑞拉着她搓麻将。

许家瑞很喜欢搓麻将，他说里面有整个处世之道的学问，要她多学一学。他还给她买了很多书，加缪、黑格尔、中国古典一类的东西，看得她眼睛疼。

这个世界上没有一百分的恋人，苏岑知道，最初的萌动一旦过去，你就要面临着选择。想要锦衣玉食，就要学会女人的柔和与退让；想要保持本性，就会面临着风餐露宿，像男人一样拼搏。

在牌局上，她问许家瑞，如果遇到两难的事情该怎么办，摸一手空缺，想要的拿不到，只能硬凑着打，别人也许就和了。

许家瑞说："等。"

"等什么？"

"等黄庄！"

既然吃也不是，打也不是，那就都不要了，憋着，大家都不要和。

这就是许家瑞的哲学。

5

林陌回来的那天没有告诉苏岑。他夜里提着行李，悄悄进了房门，蹑手蹑脚地来到卧室，本意是不想吵醒她睡觉，却没料到卧室里还有别的男人。两个人都赤裸着身体，撕扯在一起，苏岑的长发披散下来，有一种奇怪的美感，男人闭着眼睛躺在苏岑下方。

喘息声仓皇入耳。

林陌颤抖了一下，一句话也没说，又转身出去了。

他把行李留在客厅，从口袋里掏出烟，四块钱一包的哈德门，一根接一根地点，抽完又跑到 24 小时便利店，要了一包软壳中华。

他抽累了，就爬进货车厢里睡觉。

他的枕边有一小袋东西，那是给苏岑的生日礼物。

天亮的时候，苏岑醒了过来，去上厕所，瞥见客厅的行李时，心惊了一下。

她嚷嚷着叫醒许家瑞，又急急地把他赶走。

林陌回来过！

深夜回家看见自己女友躺在别人的怀里是一种怎样的悲凉？

她给他打了电话，他没有接。她又发了短信："我们谈谈吧。"他说好。

太阳落山的时候他回到家，手里拎着一篮菜，像寻常一样。

他说今天他做些好吃的，把许家瑞也叫来。她怔怔地看着他，不知道他想干什么。

她打电话给许家瑞，许家瑞说马上就到。她做了最坏的打算，两个男人刀光剑影，或者她惨遭抛弃、自作自受。

然而都没有，整场饭局温吞和缓，林陌偶尔谈起高中时代的趣事，给他们俩夹菜。最后一道甜汤上来，他说他决定离开这座城市，他已经卖了货车，要出去走走。他把钥匙交给苏岑，要她好好照顾自己。

趁苏岑洗碗筷的空档，他收拾衣服还有日用品走了。那个小袋子留在苏岑的卧室，里面装着一枚戒指和一本房产证书，房产证上写着苏岑的名字。

他本想向她求婚。

53223公里，是这半年来他跑过的所有里程数。他舍不得吃饭店，随身带着干粮，舍不得抽好烟，永远是四块钱一包的哈德门。

高原缺氧，他得过肺气肿……他想给她一个家，有大大的房子、漂亮的落地窗。为了这些，他几乎是拿命在换，这半年实在太累了，以至于看见她躺在别人身上都没有力气发火。

林陌走后，苏岑回到自己的房间，瞥见地上的小袋子，她问许家瑞那是什么东西。许家瑞眼圈有一点红，悄悄地把里面的东西放在身后，说："没什么，就是一个袋子。"

苏岑"哦"了一声。

那天晚上，苏岑一个人睡的，夜里觉得脚有些凉。她习惯性地往边上伸过去，醒了过来，发现空空的什么也没有。

愿你今后，阳光和煦

他们还在一起打麻将，但约会少了，住在一起生活中很多磕磕碰碰。她渐渐明白了黄庄的学问，到手的一副牌，吃也不是，打也不是，上家看，下家盼，干脆就让他们黄了吧。

自己和不了，谁也和不了。

她最终没和许家瑞走到一起，和平分手。走的那天，许家瑞欲言又止，吞吐了好几次，才交给她一个袋子，说是林陌当时留下来的。她打开来看，里面装着戒指还有房产证书，同居三年的那套房子。

幻想日记

1

　　苏瑾摇着蒲扇躺在藤椅里，慵慵懒懒的，一动也不动。整个夏天在午后阳光的炙烤下显得漫长焦灼，她晕乎乎，睡了又醒，醒了又睡，直到傍晚时分，云层把光线吞没，奶奶喊她下楼吃饭为止。

　　楼下的书店换了一个新来的老板，三十出头的年纪，下巴上有一撮小小的胡茬。苏瑾觉得他长得像《重庆森林》里的金城武，眸子亮亮的，说起话来，喉结一上一下，好看极了。

　　她可以想象他坐在房间里吃凤梨罐头的样子，脑海里藏着个叫阿May的女人，编号223。

　　那个年代电脑还没有普及，也没有什么网聊工具，对苏瑾来说，消遣时光的唯一方式就是去租书。她常去楼下的这家书店，一本一本地淘。平装书的押金是八元，租金一毛钱一天。她每次都要租上好几本。科普、言情，很快这家书店里大部分的书都被她看了个遍，除了最上面用玻璃隔起来的那些。她央求老板拿下来，老板严肃地对她说："小姑娘，那上面的书不适合你看！"

苏瑾不信，趁老板不注意时跳起来伸长脖子，结果却瞥见那些令人燥热的封面。封面上一男一女靠得很近，女人没有穿衣服，裸着肩膀，手臂浑圆，男人环抱着她。苏瑾的心怦怦地跳起来，带着一点羞涩。她搬了把凳子小心地抽出其中一本，里面画着很多插图，男男女女贴在一起。苏瑾的心忽然像有一万只蚂蚁在爬，痒痒的，却挠不到地方。

她小心地把书卷起来藏进衣服里，慌慌张张跑出了书店。她一路上埋着头，好像全世界都知道她干了什么。

回到家里，她锁上门自己偷偷地看。她看到书里一个叫锦年的女子的人生，和好多好多男人都发生过关系，放荡得令人发指。故事并不好看，可苏瑾还是看入了迷，她觉得自己发现了一个秘密，大人世界里的秘密。因为这个秘密，她好像一下子和周围的那些女孩都不一样了。

她拉上窗帘在镜子前观察自己，尝试学着像锦年一样抚慰自己，学着锦年闭上眼睛去想象不同的男人，班里的男同学，她喜欢过的男孩子、男老师。想着想着自己都笑了，觉得书里说的都是骗人的。她又试了几次，在夜里，脑海里不知怎么浮现出楼下那位"金城武"的脸，她吓了一跳，急急忙忙停了下来。可那张脸却始终挥之不去，他刚剃过的青色的胡茬、半长不短的头发，好像着了魔似的持续出现。苏瑾没有办法，索性也就不再克制，而那不得要领竟然就变得舒服了起来。

身体的吸引力是如此原始，原始到完全不需要任何理由。十五岁的苏瑾还没能意识到这一点，她不明白她明明喜欢过那么多男孩子，为什么偏偏是他？这不明白一下子就勾起了她的兴趣和好奇心，一些说不清、道不明的东西在她心里悄然变化着。

2

自从这个奇妙的世界向苏瑾敞开大门之后，苏瑾就开始有意无意地观察周围的男人，胖的、瘦的、高的、矮的，只要从她身边经过，她都会想象他们不穿衣服的样子，想象他们在床上的表现。她去书店去得更勤了，她不再偷书，却总是偷偷看着书店老板何欢。她有时候整个白天都泡在书店里，坐在角落里抱着一本书装模作样。

她发现何欢是个挺有意思的人，会弹吉他，会煮咖啡，去过大城市。有时候店里没有生意，他还会同苏瑾聊天，问苏瑾几岁了，在哪里念书，成绩好不好，将来要做什么。

苏瑾一一回答。

她说自己十五岁，念高一，成绩中上等，将来也要开一个书店卖书。

何欢问她开书店卖书有什么好的。

她说这样自己就能看到很多书。

何欢笑了起来。苏瑾觉得这笑里包含着对自己理想的蔑视，干脆表示自己不仅要看很多书，还要写很多书。

那副孩子气的模样让无聊的小店充满生气。

何欢不愿意为了生意撵苏瑾走，两个人渐渐熟了，何欢也就干脆不收苏瑾的钱，新到的小说漫画随她看。她有时候会带几个闺密来，他也好脾气照单全免。生意清冷的时候，他还煮咖啡招待她们。不过咖啡并不好喝，至少苏瑾是这么觉得。她长着本土的味蕾，喝不惯那种酸涩，但咖啡的香味却不同了，好像藏着焙好的蜜糖，一煮出来，满室飘香。她们坐在柜台前一边看书一边喝咖啡，满足了小说里所有的少女情怀。

闺密问苏瑾，何欢为什么对她们这么好。苏瑾起先觉得这不算问题，楼上楼下的邻里之间，但问得多了，她便察觉出里面的羡慕和试探来了。少女的虚荣心膨胀起来，苏瑾悄悄告诉闺密何欢喜欢自己，要闺密保密。在闺密的震惊嫉妒中她不自觉地得意着，可没想到这事很快在女孩子们中间流传开来。

大家都说苏瑾交了一个比他大很多、已经工作了的男朋友。原本毫不起眼的苏瑾顿时成了话题中心，班里颇受欢迎的几个女生都注意到了她，想要和她交朋友，让她带她们去书店。一时间，众星拱月，苏瑾原本的那一点后悔和担心也很快被关注感所掩盖了，只好愉快地把这个角色继续演下去。她跑到何欢跟前说话，也不多带朋友，每次就带一两个，蹭一蹭免费的书、免费的咖啡。

何欢只当这是小女孩们贪小便宜的把戏，全然没有想到自己已经成了她的男朋友。

在这段离奇的感情里，苏瑾还涌现出了很多创造欲。她开始在日记里写何欢，添油加醋地写了两个人的相遇、相识，她写何欢对她表了白，吻了她。直到写到没有情节，她想起那本描写锦年的书，又把里面的故事生搬硬套地放在了自己和何欢身上。

渐渐地，她不再只满足于字里行间的寻欢作乐。她觉得自己好像爱上了他。

3

言情小说里只有男人才是坏人，他们的脑子里有很多坏心思、坏想法，有很多对女人的欲望。可苏瑾觉得自己好像也是坏人，像男人一样坏，甚至比男人更坏，尤其是在面对何欢时。她不知道怎么了，像变了一个人，染上了毒瘾似的，看见他的嘴唇觉得像巧克力，看见他的皮肤觉得香得像太阳，像咖啡。在得知何欢有女朋友的时候，这毒瘾便严重到要发作了的地步。

何欢的女友是音乐老师，每周三没课时就会到何欢的店铺里来。何欢弹吉他，她唱歌。有时候两个人会关上店铺的门，悄悄爬进阁楼。苏瑾知道他们在做什么，就像书里的锦年。她站在那扇被关上的大门前，心脏怦怦怦地跳，小小的拳头捏了又捏，斗志在五脏六腑里燃烧却不自知。

她比她差了些什么呢？她不知道。

她观察着她。

她腰身很细，肩膀很薄，脸上画着妆，嘴唇红红的，烫着头发，是和自己完全不同的成熟女人。

她怯了场，再带同学们来的时候会小心翼翼避开周三。渐渐地，自己也不再在周三出现了，好像何欢的生活里根本就没有那个女人。就这么相安无事了一段时间，不知怎么却被一个私下前来还书的女同学发现了。

女同学来到书店还书，看见何欢和女友两个人手拉着手不时说笑。女同学把书递上去，何欢的女友接过来。女同学问："你是老板吗？"何欢从柜台后面探出身子，笑嘻嘻道："她是老板娘。"女同学怔了怔，回到学校后，何欢有一个正牌女友的消息就这么不胫而走。

很快，除了苏瑾，每个去过书店的女孩都知道了这件事。无聊乏味的校园生活让她们一致决定，要去书店为苏瑾讨一个公道。少年们总有着这样莫名的热情与唯恐天下不乱的心境。她们选在周三，还叫了两个男生，浩浩荡荡地就去了书店。

书店的大门正关着，外面挂着停止营业的牌子。他们扔掉牌子，在外面砸起了门。砸了好一会儿，何欢才出来开门，他头发有点乱，一副睡眼惺忪的样子。

"不营业。"

可几个人不由分说，就闯进了书店。

起初何欢还以为是借给什么人的书多收了钱或者忘了还押金，

问了半天才弄明白原来是因为苏瑾。

不知怎么他就成了玩弄苏瑾感情、脚踩两只船的人。十几个半大不小的学生把书店里的书糟蹋了一地，何欢的女友气得直掉眼泪。

何欢明白，她即便相信他不是那种人也还是要生气，气这莫名其妙的事端，气这界限不明。

女友走后，他一个人收拾这满地狼藉，收着收着，一双手伸了出来，将地上的书递给他。他抬头一看，是苏瑾。

4

在快要上课的时候，苏瑾才知道发生了什么事情。她一句话也说不出来，火急火燎就往书店跑，连下午的课都逃掉了。一路上她紧赶慢赶，想着要怎么解释，怎么道歉，可这份内疚和忐忑在看到何欢的那一刹那却变成了委屈与不甘。好像她真的是他骗来的小姑娘，骗了她的感情一样。

她把书递给何欢。何欢克制着怒火，要她说清楚。她一泡眼泪蓄在眼眶里，解释和道歉就都变成了表白。

"我喜欢你，做你女朋友行不行？"

何欢看了苏瑾半天，只觉得这个细胳膊细腿像一棵豆芽菜一样的小姑娘疯了。他不搭理她，关了书店的门要走，她就跟在他的屁股后面哭。

路上的人都在侧目,猜测着两人之间的关系,父女抑或兄妹?苏瑾一路保持步伐跟着,跟到何欢受不了,停了下来。

苏瑾说:"我和她比差在哪里呢?我比她还年轻,长得也不难看。"她勉强地说出这句,却连自己也没有底气。

何欢皱着眉头上下打量着苏瑾,打量着,打量着,脾气消解掉,无奈地笑了。她还是个孩子,个子蛮高,可身形全无一点大人的样子,和这样的人怎么能生气呢?他带她去吃了冰淇淋。

他说:"你才 15 岁。"

她说:"可我不是小孩了。"

他说:"还没成年怎么不是小孩呢?"

她说:"我什么都懂。"

他问:"你懂什么呢?"

她说:"我懂你们干的事情,我在书上看到了。"

一张脸说得泛起了绯红。

何欢怔了怔又忍不住想笑,半晌,憋出一副严肃的样子。

"那你应该知道什么样的女人才讨男人喜欢咯?"

苏瑾想了想,摇摇头。

何欢说:"她至少得是个女人,有女人的样子,而不是个孩子。"

他的手不自觉地在空气中划出一个弧形,轻蔑的弧形和嘴里的孩子好像让苏瑾觉得受到什么侮辱。她丢下冰淇淋走了,幻想何欢会来追自己,但他终究还是没有来。

她再去书店时,何欢的态度就冷淡下来,像一个不认识她的老板。学校里的流言也多了起来，有人说苏瑾骗了大家，她从来没有做过何欢的女朋友；有人说何欢甩了苏瑾，她没能挽回这段感情。但不论如何，她失去了话题女王的地位，大家的目光逐渐被年级里其他有趣的事情和八卦吸引了过去。

突如其来的跌落感让苏瑾比从前更加孤独，这孤独无处可去，便都涌进了日记里。她日记的字里行间比从前更加炽热，更加毫不掩饰。在日记里，何欢不仅总是和她待在一起，一起约会，一起谈天，而且还一起做那些成年男女才会做的事情。在苏瑾的笔下，她是何欢的情人、爱人、小妖精，是何欢不可自拔的迷恋对象。

5

苏瑾的身体在那个夏天发生了巨大的变化，像一朵沉睡的莲花一点一点地绽放。她仿佛能听见它们在衣服底下那撑开的、呼之欲出的声音，她用零花钱偷偷买了文胸和口红。文胸是纯白色的，口红廉价艳红，涂在嘴上，配着少女的脸倒也有一种奇异的美。她把头发卷起来又放下来，穿上妈妈的高跟鞋，学电视上的女明星一扭一扭地走路。她的自卑少了那么一点点，主要是为了何欢。

苏瑾没想到接近何欢的机会来自一次酒后。

何欢外出参加聚会，喝了酒，扶着女友往后面的阁楼上钻。俩人全都没有注意到书店的一角还坐着苏瑾，苏瑾悄悄地跟了上去，在阁楼边听着动静。他们很快吻在了一起，讲着情侣才会讲的肉麻的话语。她嫌他嘴里的酒味，他咯咯咯咯地笑着。她替他倒了水，不一会儿轻轻的鼾声响起，他睡着了。她走出阁楼理了理衣服，拢了拢头发。苏瑾赶紧把自己藏起来。她没有注意到她，关上店里的灯，踩着高跟鞋离开了。

苏瑾听着脚步声慢慢走远，在昏暗中爬上了阁楼。她爬到了何欢身边。

那是苏瑾第一次近距离真切地看到何欢的样子。他的胸膛和她想象的一样结实，胡茬摸上去有一种酥酥麻麻的触感。她调皮地躺倒在他身边，两只手轮流摩擦着他的胡子，孩子气似的，露出了笑容。她嗅着他的味道，用手轻轻地碰了碰他的嘴唇，她的心思动起来又轻轻地凑上了自己的嘴唇。靠近的那一瞬间，闻到他的鼻息里有一股酒味，但出乎意料并不难闻。她有些颤抖地飞快碰了一下他的嘴唇，重新躺下去，心脏怦怦怦地乱跳。她拉过他的手，揽在自己的肩头。她就这么躺着，不知躺了多久。何欢呢喃起来，翻过身，一下子把她搂得更紧了。他的呼吸声就在她的耳畔，吹得她的耳垂发痒。

她一动不动，脸涨红着，汗水一点点渗了出来。她小心地解开衬衣上面的第一颗扣子散热。她的身体很白，胸前甚至还能看见青色的血管。睡着睡着何欢也热了，迷迷糊糊发出声音，放开她伸手去够床头边的水。他没有够着，她拿给他。他睁开眼，抬起头，眸子接触到苏瑾的那一刹那，整个人就像触电般弹开，醉醺醺的神态在顷刻间就清醒了。他看起来比苏瑾还紧张，他说："你在干什么？"

不等苏瑾回答，他又看到她解掉的扣子，他迅速把眼睛移开，呵斥她赶紧穿上衣服。

那一刻，她想拥抱他，和他说她心甘情愿，和他说她只是想在他身旁躺一躺，没有别的意思。可是她说不出来，她太年轻了，没有应对过这样的场面，也不擅长勾引一个男人。她就这么怔怔地站着，直到楼上传来祖母的喊声。

"苏瑾，吃饭了。"

何欢几乎是惊慌失措地将苏瑾赶出了书店。

6

从那之后，苏瑾不再被允许进入书店了。每次她在门口驻足，何欢就会挥手要她走开，眼神恶狠狠的，像魔鬼一样。

小区里的人看见后都很讶异。有人问起他，何欢就说，苏瑾弄坏了他的东西。

没过多久书店索性关了门。一辆黑色的小皮卡载着成堆的书离开了。苏瑾在楼上看着，看何欢坐在一堆书的中间，皮卡驶远，尘土飞扬。她想到了四个字：

滚滚红尘。

门口很快就挂上了招租的牌子，写着一串电话，联系人写的是何欢。苏瑾看见那串电话，心狠狠地往下一沉，他不会再回来了。

有朋友安慰苏瑾，何欢只是无心地换了个地方，可苏瑾没办法说服自己这一切和自己无关。她觉得何欢必然是在躲着自己，讨厌自己。

可他为什么讨厌自己呢？她对着镜子端详，是因为解开的那个扣子，还是因为她不够完美的身体？她理不清原因，但渐渐她也开始讨厌起了自己，她觉得自己丑陋平庸。

少年人的价值之所以模糊，多半来源于身边人的评价。他们脆弱敏感到一片落叶、一缕微风，都能打在心头，更遑论这样。

她变得比任何时候都更加不快乐了，好像还没来得及仔细品尝喜欢一个人的滋味，就先体会到了失去的感觉。

失去是一种什么样的感觉？

疼痛，心脏的位置每天都会揪一下，揪一下。有什么东西空落落的、沉甸甸的，在五脏六腑里翻腾。

她的状态越来越低迷，成绩也从原来的中游一路掉到了下游。她满脑子里什么东西都没有，早晨醒来，第一个想到的人是何欢，夜里睡去，最后一个走出脑海的人还是何欢。她觉得如果没有何欢，自己就无法看见未来。

她想要和他再次联系上。

拼了一腔的心思，怎么也接受不了不明不白就在世间失之交臂。

7

挂在店铺门口的电话号码，苏瑾早已熟稔于心。她拿着纸和笔一字一顿抄在笔记本上。

她有好几次想要拨打，最后却都放弃了。她还没准备好，怕他的声音会让她措手不及。

她要想到每一种可能，想到他接到她电话后的表情，想到他可能会有的反应，想到他会说的话。她打了无数遍腹稿，尽量把一切在自己所及的范围内处理得滴水不漏。虽然见不到面，可她还是对着镜子练习了好几遍。说话的声调、语气、姿态、表情，每一种都力求完美。

她握着电话的时候，心脏好像都要跳出来了，汗水顺着背脊一点一点地往下流。她想问问他这一切是怎么回事，想求他说一说自己的看法，想要解释，想要道歉。可是电话一接通，她刚来得及喊出他的名字，他一听是她就立刻挂断了。

她甚至想到他会破口大骂，可没想到仅仅只是毫无波澜地挂断，连她的声音都不想听。

羞耻感一下子涌上心头，她哭了，好不容易鼓起来的勇气遭到当头棒喝，她觉得自己可怜又下贱。她又试着拨了几次，他连接也不接。这么一来，她竟然想到了死。这死的念头冒了出来，而且越来越强烈，持续了一整周，直到第二个星期还没有消失。趁着祖母出去锻炼身体，她叹了口气，干脆地关了门窗，跑到厨房里打开了煤气。

活着不快乐。

她写下了遗书。她学着电视里演的那样，感谢奶奶每天做饭，感谢爸爸妈妈把自己带到这个世界上来，她说自己的死和所有人都没有关系。她一边写，眼睛一边往下耷拉，这是煤气在起作用。快写完的时候她睡着了，她梦见何欢来找她，再醒来的时候她已经躺在了医院。

何欢。

她一睁开眼看见的竟真的是他。

8

病床前有同学，有老师，有爸爸妈妈，有奶奶。天花板上的风扇打着转，窗外的蝉鸣渐渐清晰，她的视野慢慢变大，看见离她最近的是何欢。

她想，真奇怪，何欢竟然是在乎她的，知道她出了事，就跑到了医院。可很快又发现事情没有那么简单，何欢的嘴唇起着皮，看她的眼神不太友好，整个人焦灼异常。

父亲欣喜地叫来了医生，医生问了她几个奇怪的问题，说她昏迷了三天，吸入了过多的一氧化碳，大脑可能会有不可逆的损伤。

父亲先是摸了摸苏瑾的头发，眼睛红彤彤的，随即看向何欢，冷不防一个拳头往何欢的脸上打了过去。在场的人们惊叫一片。

后来苏瑾才知道，在她昏迷的这三天里，父亲翻遍了她所有的东西，去学校找同学们了解了很多情况。最后，他在苏瑾的储物柜里发现了那本日记。

他想不明白好端端的女儿怎么会想自杀，而这就成了女儿自杀的唯一原因。他跑去找何欢闹，两个人扭打在一起，很快在整个小区里传得沸沸扬扬。愤怒的群众把何欢的家砸了。何欢觉得委屈，就带着女友来到医院，他对苏瑾说："苏瑾，你得给大家一个解释！"他的目光咄咄逼人，苏瑾把头扭过去，一颗眼泪掉了出来。

怎么解释？让所有人都知道自己写了那么多不堪的幻想？

周围的人们急了，何欢更急。他们对着何欢骂骂咧咧，要把何欢赶出去。何欢红着脸百口莫辩。忽然，她听到"啪"的一声，清脆的耳光响起。何欢愣在原地，他的女友提着包，走出了医院。

苏瑾努了努嘴，终究还是什么也没有说出来。

夏天过去大半的时候，苏瑾出院了，书店已经改成了出租碟片的地方。门口的老板穿着背心坐在那里，笑起来露出一排四环素牙齿。何欢彻底消失了，连那串电话都没有留下。苏瑾站在店门口看了很久，她听人说，何欢离开了这座城市，一个人。

后来苏瑾又见过何欢的女友几次，涂着红红的嘴唇，她结婚了，新郎是和何欢完全不同的一个人，秃头，微胖，笑起来眼睛眯成一条幸福的缝。苏瑾以为会在她的婚礼上看见何欢，但是却没有。两个女人越过人群，目光交汇的那一刻又都各自移开。没人相信苏瑾是贞洁的。

在这样一座小城市，流言总是不轻易放过每一个能流传的机会。最初的同情过后，人们都说苏瑾是个天生的妖精、放荡胚子。她辩不过，也懒得辩，干脆就学坏了，抽烟、喝酒，穿很成熟的衣服，偷偷烫头发化妆。不知道是不是学坏了的女孩更有魅力，默默无闻的苏瑾忽然就有了追求者，苏瑾在这些追求者中寻找何欢的眉眼，可是一次都没有找到。

他们和她一样，脸上水光滑溜，唯一的瑕疵是几个青春痘，连一点纹路都没有。

9

苏瑾爱上了旱冰场。

最先爱上的是摔跤。一股自我毁灭的欲望，横冲直撞，想要把自己摔坏。

什么坡高她就往什么坡上滑，翻着跟头摔得鼻青脸肿。可后来却越滑越好，露出长长的腿，像一阵风一样。

她变得比从前更漂亮了一些，身材渐渐显露出来，总是独来独往的，不苟言笑。

她的表演很快就成了旱冰场里的一道风景，每次她来，总有里三层外三层的男孩子为她吹哨叫好。一个小混混不知怎么也迷上了苏瑾，要来了苏瑾的电话，每天都给她打。苏瑾不接，他就寄信，写情诗。

苏瑾把它们全部随手一扔。

小混混的女朋友找到苏瑾，说是为了爱情，要把小混混让给苏瑾。满腔真挚、一厢情愿的牺牲让苏瑾觉得幼稚、矫情又可笑。

"黄不拉唧的头发，一脸菜色，也就你能看得上。"她酷酷地丢下一句，没有理会她的真心实意。

她愣在原地，好半天才回过神来，觉得受到了侮辱，要给她一点教训。在一个没有课的下午，她叫来了一群顶着发廊风发型的男男女女。

他们拿着板砖，把苏瑾堵在半路，要苏瑾道歉，不然就弄死她。苏瑾耸耸肩，把书包往地上一扔，和他们对峙起来。几个人打她一个，饶是身手再好也不是对手。板砖被高高举起，眼看就要落下，一声"住手"响起。

明明众人都已经停下，小混混还是硬生生地往板砖上撞，有意替苏瑾挡了一道，摆出凶巴巴的样子，学着不知哪个烂俗小说里的台词道："我的女人，你们谁敢动。"那个满心想要为他出头的女孩子听罢哭了起来，哭得花枝乱颤，捂着嘴转身就跑了。一群黄黄绿绿、五颜六色的小混混也跟着她走了。苏瑾望着他们扑哧一声笑了。

小混混沉浸在英雄的情绪里，不明白她在笑什么，他问她愿不愿意做他女朋友，她笑得更厉害了。

她笑了好久才停下，捡起地上的书包，说："也就她看得上你了。"

小混混琢磨了一会儿，脸色变了，一把拉住了她。

她问他要干什么，他用手箍住了她。

他不知从哪里听说了她的故事，从哪里弄来了那本日记。日记已经被翻得很旧，字里行间记载着苏瑾对何欢的幻想。她很早就把它们扔掉了。

他说："我都不嫌弃你，你为什么还不爱我？"

她想要跑，他拿发带塞住了她的嘴巴。

夕阳落得很慢，红彤彤的。苏瑾起身的时候，泥土里有一丝殷红。不过，没有人注意到。

10

也许是从遇见何欢那天开始，也许是从那本日记开始，也许是从认识这个莫名其妙、毫不相干的小混混开始，她辍了学，从家里搬了出来。曾经在病床前为她红了眼的爸爸也不想再看见她了。

没有人知道她为什么变成了这样。

一年又一年。

三十岁生日那天，正好是新年。苏瑾去了一趟市场，想买一些便当。她遇见了当年的女同学，女同学牵着孩子的手在买摔炮。她从大城市里回来，穿着很漂亮的羊绒大衣，踩着高跟鞋。

苏瑾想起当年两个人一起在何欢的书店里喝咖啡的样子，不知为什么会变成这样。她回到家，开始独自回忆人生，最终认定她不幸的根源就在于何欢，他不应该在她十五岁那年出现在她家楼下，不应该长得像《重庆森林》里的金城武，不应该……

积攒了那么多年的爱意恨意，忽然间绵绵长长地涌上心头。

她辗转打听到何欢的住处，带着刀，坐上了长途汽车。她一路上不眠不休，想着一敲开他的房门，就朝他的胸膛捅过去。

那是一座有点破败的城镇。他住的地方在棚户区，低矮潮湿。她敲开他的家门，差一点没有认出他来。他的头发花白，脸上的皱纹更深了，皮肤耷拉下来，挺着一个大肚子，羽绒服上破了一个洞，冒出一根长长的羽毛根。

他问她找谁。

她端详着他。

她发现他的眼睛坏了，摸摸索索看不清东西。

她将刀揣进口袋，问他的眼睛怎么了。他说年轻的时候被人打的，因为一个疯疯癫癫的小姑娘。

他后来还说了些什么，她没仔细听，思绪已经飘到了很多年前。在那个脸红心跳的夜里，不止一个人的人生轨迹就此被永远地改变了。

她想，生活真是奇妙啊。

水妖桃米

大学开学前的那个暑假，我刚满十八岁，每天坐在福利院的走廊上发呆，望着外面的天空，一脸愤世嫉俗。院长不喜欢我这副模样，她说十八岁的姑娘应该自食其力了。于是我提着行李箱，搬出了福利院，在学校附近的冷饮店找了一份工作。工作很清闲，坐在柜台前可以对着电脑玩游戏，冰箱里还有花花绿绿的冰淇淋，散发出甜蜜的蜂糖味和牛奶香，仔细嗅起来，像八岁那年吃过的大白兔奶糖。可我从来没有动过它们，哪怕店主热情万分地把它们摆在我的眼前。我拒绝所有让我看起来显得不成熟、深刻和冷漠的东西。我是一层冰面，这世界怎么照耀我，我就怎么对待这个世界。

　　因为还没开学，冷饮店的生意不好，我每天做的最多的事就是坐在电脑前，逛学校论坛。

　　论坛里有一个新开辟的板块叫作"秘密"，里面有很多不为人知的事情和匿名的忏悔：有人偷过别人的钱，有人出卖过自己最好的朋友，有人……我喜欢在里面闲逛，窥视一个又一个灵魂。阳光让这座城市展现出光鲜的外表，可总有阳光照不到的地方，我想用阴暗去证明阴暗。

这个板块的尾页，贴着一篇老帖，开头写着这样一行字：不管你信不信，我曾见过一只漂亮的水妖。我"扑哧"一声笑了出来，我们这个年龄，谁会相信水妖？我点击进去，却是一个冗长的故事。

不管你信不信，我曾见过一只漂亮的水妖。

故事是这么写的：

1

那年我十岁，父母闹矛盾，锅碗瓢盆叮当作响，一碰面，就横眉竖眼地吵。我被暂时寄养在乡下的奶奶家。她家周围是石头房子，院里有一口很深的水井以及大片绿色藤蔓和关鸡鸭的笼舍。我不习惯乡下的厕所，两片木板隔着粪坑，没有冲水设备，熏得人要命。因此，每回大解，我都会蹑步到村口的中心小学，解决完后，再钻进学校后山脚下的那片池塘发愣。池塘的水是碧绿色的，传说曾经淹死过小孩儿，所以学校用铁门把它严厉隔离开。我有些害怕，可仍然要翻过去，坐在那边。

我会想很多东西，比如爸爸和妈妈，比如未来。我担心我的未来没有爸爸妈妈，担心他们会永远将我遗忘在这个太阳一落山就到处黑漆漆一片、让人心里难受的地方。那段时间我情绪很低落，总是一个人徘徊在池塘边，扔随手捡到的石子或土块。有一天傍晚，我正要回家，天边渐渐沥沥下起了雨。我绕着池塘走着，忽然脚底一滑就摔了进去。我不会游泳，周围也没有别人。我挣扎着沉入水底，凉凉的，有一些慌乱，有一些恍惚。随着时间的推移，我越沉越深，越沉越深，恐惧的感觉逐渐将我包围，液体灌进我的鼻腔、我的喉咙。我胡乱抓着所有我能抓到的东西，泥沙、水草，我慢慢地失去了力气。我开始哭，觉得自己可能会死掉，变成一个水鬼，永远地生长在池塘底下，孤独的，冰冷的。然后，我听见了一个声音。

她说："嗨！"

我不知道人在水底能不能发出声音，但我的确听见了，我朝着声音的方向努力睁开眼。我看见了一张女孩儿的脸，有些胆怯、有些新奇的脸，肤色很白，头发像海藻一样柔软地飘舞着。她一把抓起我的手朝上游去，那种溺毙的感觉一瞬间消失了。我愣愣地望着她，直到她把我推上岸边。我咳了几口水，站起身来，看见爷爷和奶奶拿着手电，在池塘边四处找寻。我用力地招手，他们向我奔过来。我再看水中遇见的女孩，她已经消失在夜色里，不见了踪影。

回到家，我和爷爷奶奶说了刚才的事，我说水里有一个女孩儿救了我，可爷爷奶奶都不相信。他们说，那片池塘早就荒废了，没有什么女孩，也没有什么人救了我。

2

我的梦境时常被成片的碧绿包围,下沉,滑落,直到女孩的脸出现,时间仿佛凝滞了,却觉察不到恐惧。

因为出了那样的事,爷爷奶奶禁止我再去池塘玩,他们给我找来了邻居家的孩子以及几个年龄相仿的堂兄弟。

他们说:"皓皓,以后就和哥哥弟弟一起玩!"

我乖顺地点点头。他们也乖顺地点点头。可等爷爷奶奶一走,一切又成了两样。

因为不会说本地方言,那些小孩儿总是排斥我,他们握着棍子打仗,成群结队,我只能当俘虏,或者追在他们屁股后面跑,假装自己是其中一员。

他们喊我北仔,要我把城里带来的东西都分给他们——牛肉干、奶糖、遥控汽车、电动机关枪。我很大方地给了他们,可他们拿了玩具,还是不理我。

我后来才知道,北仔在当地话里是北边来的土老帽的意思。我坐过火车、轮船,同金发碧眼的外国小朋友照过相,吃过麦当劳、肯德基、加着芝士的比萨饼,还有臭脚味道的奶酪。我见过的世界比他们见到的大得多,可在他们眼里,我仍然是一个土老帽。我很难过,越发怀念起在池塘里同我打过招呼的那个女孩。

我想她也许不是一个人,而是一只水精灵或小女妖,像美人鱼一样有大大的尾巴,像吸血鬼一样有尖利的牙齿,否则为什么没有人见过她呢？但她一定是世界上最好的妖怪，这样才会把我救出池塘。

那段时间，我疯狂地迷恋着关于水妖和精灵的传说故事。我去镇上的书店买书，买来的书全部和这些有关。书里的水妖有些是好的，有些是坏的，他们住在水底下的王宫里，和鱼虾为伴。堂哥王小杰说，那片池塘好多好多年前，的确淹死过一个女孩儿。女孩儿的尸体没有被找到，只捞上来一双布鞋，后来那个池塘就被封闭了。

书上说过，小孩儿掉进池塘，被水妖抓住，也会变成水妖。水妖让他们吃绿色的海藻，于是他们就拥有了神奇的力量。

我想，她就是那个被老水妖抓去的小水妖。

3

我很想见小水妖，我会趁爷爷奶奶不注意的时候偷偷溜去，我会从厨房里偷来海带，一条一条塞进口袋。我知道，水藻和海带是水妖的食物，它们是一类东西。

我长久地坐在池塘边，握着精心挑选的海带，邀请那个在水里的小女孩来吃。几个堂哥堂弟一路追来，站在围墙边笑话我，他们说我是城里来的傻子。可我不理会，我坚信水妖的存在，她绝对不会喊我北仔。

日复一日，我和堂哥堂弟，还有邻居家的孩子的关系越来越差。我终于不再借给他们我的机关枪和遥控汽车玩了，而他们也不再让我追在他们屁股后面跑了。堂哥王小杰不知从哪里听说，我不肯上那种老式的厕所，他竟然和几个孩子假惺惺地把我骗出去，一路围追堵截，恶狠狠地要把我关进老厕所里。我跑啊跑啊，他们追啊追啊，一直追到村口的中心小学，再追到山脚下的铁门前。我毫不犹豫地翻了过去，几个胆大的孩子也翻了过去。池水仍然是一片碧绿，毫无波澜。他们挑衅我，王小杰说："你不是见过什么水妖吗？你让她来抓我们啊？"

我没有回答，他们却一步一步地朝我走来。他们故意说着厕所里白白胖胖、黏糊糊的蛆虫，还说厕所里也有妖怪。他们把灯关上，把我锁在里面，妖怪就会把我拖进粪坑。我恶心极了，也害怕极了，望着那一潭池水，做了一个惊人的举动，扑通一声，我跳了下去。

池水迅速漫过了我的头顶，我很快就无法呼吸，发出咕嘟咕嘟的呛水声。我仍然有些害怕，害怕水妖不会来。岸上的孩子们吓坏了，纷纷翻过铁门逃走。他们边逃边喊："不好啦，王子皓跳河了，王子皓跳河了！"

我没法说话，渐渐失去了意识，朦胧中觉得水里激起了一朵小花儿，有人拖着我的胳膊往上走。记不清过了多久，我重新睁开眼睛，映入眼帘的还是那个女孩。她穿着一袭白色布裙，头发湿漉漉地搭在胸前，眨巴着大眼睛，好奇地打量着我。

我已经在岸上了，咳了几声，吐出一大口水，我问："你是不是水妖？"她没有回答，我又问："你是不是住在池塘里？"

她还是没有回答，我想了想为表诚心，就一股脑儿把我所有的事情都告诉了她。我告诉她我叫王子皓，我的爸爸妈妈在闹离婚，他们把我送到了乡下奶奶家。我不会说本地话，在这里没有朋友，我想和她做个朋友。我一口气说完，紧张得好像心都要跳出来了，脸上滚烫滚烫的。她仍然眨巴着大眼睛看着我，一副听不懂的样子。我掏出了口袋里的海带给她，她放在鼻子上嗅了嗅，摇摇头。然后，她指着我手中的大白兔奶糖，发出"嗯、嗯"的声音。我把糖纸剥开放在她的手上，她用舌头舔了舔，咯咯咯咯笑了起来，笑得很甜。我也笑了。我问她叫什么名字，她说："桃米。"她终于听懂了这句话。

那晚，我没有回家，一路跟着桃米去了她住的地方。那里不是什么华丽的水晶宫，而是山上的小破庙。破庙里还有一个念佛的老太太，看起来有一千岁那么老。她们吃着稀稀的糙米粥，谁也没和谁说话。

4

第二天一早，我就告别桃米回家了。爷爷奶奶哭了一夜，村里会游水的人也在池塘里找了我一夜，堂哥堂弟以及邻居家的孩子们被打得鬼叫鬼嚷。他们都以为我死了，我却毫发无损地出现在他们面前。我对他们说起水妖的故事，我说有只水妖救了我，她的名字叫桃米；她看起来比我还小，但她的外婆有一千岁那么老；我们一起吃了饭，外婆会对着蜡烛念咒语……爷爷奶奶不再驳斥我的话，他们只是抱着我，不停地拜堂上供的佛像。

我遇见水妖死而复生的消息很快在当地不胫而走，他们看见我沉入水底，又看见我在第二天活蹦乱跳地回来了。渐渐地，他们不再喊我北仔，我提起水妖时，他们也不再笑我是傻子。

堂哥王小杰看我的眼神明显多了分敬畏。有一次，他从伯父那里偷来了两根香烟，竟像模像样地分给我抽。我拒绝了，我对他说："抽香烟对身体不好。"

他们都像我一样相信了水妖的存在，而我也因此多了某种魔力。

每天傍晚我都会去那片水塘，我会给水妖桃米带大白兔奶糖还有城里的牛肉干。我教水妖桃米说话，告诉她我住的地方长什么样子，告诉她我爬过的山，吃过的食物，见过的金发碧眼的小孩，飞机能在天上飞，轮船能在海里跑，海里的一个大浪打过来，比整个池塘还要大。桃米眨巴着眼睛聚精会神地听着，时不时被我的表情和手势所吸引，然后剥上一颗奶糖放进嘴里，又咯咯咯笑了起来。等她渐渐能听懂一些的时候，我又把我那些有关水精灵还有水妖的书都拿给她看。她一边看着上面的图画，一边听我讲。我会指着书里长发的小水妖说这是桃米。她听了很高兴，也跟着我念桃米。我告诉她，书里的水妖住在无忧无虑的水晶宫里，有棉花糖做成的花环，还有巧克力做的床铺，所有的鱼虾都是她的伙伴……

桃米听得入迷了，一页一页地翻着看。她告诉我她的确是只水妖，而且有一百岁那么老。我不信，我说："为什么你一百岁却看起来比我还小？"她说"因为水妖是长不大的"，说完又一股脑儿跳进了水里。

她可以在水里待很长很长的时间，像鱼儿一样灵活。我有时候真的怀疑，她一下水，脚上就会长出尾巴。

5

水妖桃米的外婆不喜欢我，她不像桃米一样是只好水妖，她看我的眼神凶巴巴的，还常常威胁我不许告诉别人她们住在这里。她不允许桃米吃奶糖，也不允许桃米和我去村子里玩，她要桃米和她一起念咒语。有一次，桃米偷吃奶糖被她发现了，她气得全身都在发抖。她一把抢过桃米的奶糖就扔在了地上，她说桃米从小是吃米汤长大的，身上干干净净，不可以吃奶糖。我不太明白，我的奶糖用两层糖纸包裹着，一点都不脏，为什么她会不让桃米吃。桃米有点害怕，又有点不高兴，躲进房间里哭了起来。我觉得，她哭的时候一点都不像是一百岁的妖怪。

那之后，桃米不再来池塘边找我玩。我在山下喊她的名字，也没有人答应。很长一段时间以来，我又恢复了往日的寂寞。尽管堂哥堂弟还有邻居的小孩很愿意我加入他们，可以做大王而不是俘虏，但我还是觉得这一切都没意思，只有水妖桃米的存在能让我安心。当我告诉她我的爸爸妈妈可能要离婚，可能不要我了，可能会长久地把我丢在这个破落的村庄里时，桃米会牵起我的手，像老水妖一样默念咒语。然后她会对我说，她没有爸爸，也没有妈妈，她只有一个看起来有一千岁那么老的外婆。

我觉得桃米和我是一样的，我们都一样寂寞，一样孤单，一样不属于这个地方。唯一不同的是桃米是只水妖，而我是人类。

夏天快结束的时候，爸爸来到了村庄，他说，他和妈妈不离婚了，要把我接回家去好好过日子。我怀疑水妖桃米真的显灵了，我很开心。我对爸爸说，我有一个朋友，我要和那个朋友告别后再走。

6

我是第二天傍晚偷偷溜去水妖桃米住的那座破庙的，我有点害怕，怕她的外婆。可破庙很安静，门没有关，只有最里面的房间里点了一盏灯。我知道，那是水妖桃米的房间。

我推门进去，桃米躺在床上，脸色惨白铁青，盖着厚厚的被子。而桃米一千岁的外婆坐在床边，持续地念着咒语。我喊了一声桃米，桃米就把眼睛睁开，她叫了我的名字——王子皓，声音轻飘飘的，像是要飞起来。她的外婆这次没有生气，也没有凶巴巴地看着我。她吸了吸鼻子，在床沿边给我让出一个位子。她说桃米生病了，病得很厉害，下不了床，也不能去找我玩了。可桃米反驳她的外婆，她说她没有病，她是准备搬到水晶宫里去住。

我不知道她们谁说的话是真的，谁说的话是假的，但我还是很希望桃米能搬到水晶宫去住，那儿会有很多玩伴，不用陪着一千岁的老妖怪那么孤单。

桃米的额头烫得像是要冒烟，我们说了一会儿话，她累了，就只是听。再后来，她闭上了眼睛，一个劲儿地喘着粗气。外婆在哭，哭了一会儿也不哭了，怔怔地望着我，问我有没有奶糖。我从口袋里掏出一块，不明白她要干什么。她接过来，剥开糖纸，小心翼翼地放进了桃米的嘴巴里。桃米露出来一个笑容，呼吸忽然变得轻盈了很多。外婆捂着嘴哇啦哇啦地哭了。

那天，一千岁的外婆抱着桃米送我下了山。我问她桃米怎么了，她说桃米要去水晶宫了。临走时，我看见桃米的枕头底下压着我送给她的关于水妖的书。外婆说，她很爱看，一遍一遍看不厌似的。

再后来，我回到城里，再也没见过桃米。初中毕业那年我回去过。池塘里的水已经被抽干了，山上的破庙也空空如也，没有什么水晶宫，也没有什么桃米。

奶奶说，很多年前，池塘边的确住过一家四口人，父亲从外地打工回来得了可怕的病，母亲很快就被传染上了，干瘦得就像一根柴火，花光了钱却治不好病。村里闭塞愚昧，没人愿意接近他们，原本相识的邻里因怕被传染，都离他们远远的。两口子不久就去世了，防疫站的人开车把他们拉走了。就只剩下一个孤寡老人，抱着不满一岁的孙女跳了河。河面上除了一双红色的小布鞋，什么也没留下来。后来那里总能听见孩子的哭声，池塘就被封了起来。

那双红布鞋的主人就是桃米。

我很庆幸能在那段蔓草丛生的童年遇见她，让我对生命和生活始终保持信仰与敏感。

不管你信不信，她在一岁那年变成了一只小水妖，在八岁那年去了水晶宫。

完

我盯着电脑屏幕，看着这个故事，久久说不出话来，直到冷饮店的店主敲着柜台唤我的名字。她说："桃米，你发什么愣？"

我这才回过神来。

没错，我就是故事里的桃米。

只是，我在一岁那年没有变成水妖。外婆憎恶村里的人，抱着我跳了河。河水把我们冲回了岸边，又捡回来一条命。外婆说这是神灵保佑。此后，她便日日吃斋念佛，亦不允许我同村里人来往。大家都以为我们死了。

我在那篇帖子下面敲了回复，我问："那天，一千岁的老水妖真的把奶糖放进小水妖的嘴里了吗？"

帖子的主人回答："是的，老水妖还给小水妖讲了枕头底下的故事，直到小水妖安静地睡着。"

我的眼睛忽然湿透了，她严苛冰冷，我以为她不爱我，我以为这个世界上没有人爱过我……

所有的记忆都在那一刻复活了。

我叫桃米，八岁那年，曾演过一只水妖，长久地存在于少年们的心中。只不过我没有去水晶宫，我被送到了福利院。

我从来不知道，我重病的时候有人为我哭泣，有人给我讲过睡前故事。

我从来不知道，我的童年和你们的并没有两样。

我拿起桌上的电话，拨了敬老院熟悉又陌生的号码。

"我是桃米……外……婆。"

所有的恩怨，在顷刻间土崩瓦解……